葉月奏太

寝取られた婚約者
復讐代行屋・矢島香澄

実業之日本社

実業之日本社文庫

寝取られた婚約者 復讐代行屋・矢島香澄　目次

第一章　抗《あらが》えない誘惑

1

（よし、順調だな）

羽田翔平《はだしょうへい》はモニターを見つめて、思わず口もとに笑みを浮かべた。

まだ十月半ばだというのに、下期も出だしから好調だ。大口の契約が取れたことで、今期の目標達成はまず間違いない。会社の知名度もあがってきたため、さらに業績を伸ばすことができるだろう。

羽田はＩＴ企業「フューチャーソフト」の代表取締役だ。

学生時代に友人の三田村恭司《みたむらきょうじ》と会社を立ちあげて、今年で十年になる。羽田も三田村も三十二歳になり、ふたりきりだった会社は百名の社員を抱えるまでに成長した。

共同経営の形態を取っているため、三田村の肩書きも代表取締役だ。だが、三田村は職人気質《かたぎ》のシステムエンジニアで、会社の経営は自然と羽田が担当する形になっていた。

三田村は隣のデスクでパソコンに向かっている。

羽田がグレーのスーツ姿なのに対して、三田村はチノパンに白の長袖Tシャツというラフな服装だ。黒縁の眼鏡《めがね》のブリッジを指先で押しあげては、キーボードを黙々と打ちつづけている。

ときおり、眉間に皺《しわ》を寄せて考えこむが、モニターから視線をそらすことはない。毎日、朝から晩までこの調子だ。昔からプログラムを組みはじめると、時間も忘れるほど没頭する性格だった。

全部署の社員がワンフロアで働いている。羽田と三田村のデスクは窓際に置かれており、部下たちがパソコンに向かっているのを確認できる。三田村に引っ張られるように、それぞれの作業に集中していた。

(いい雰囲気だな)

この会社はまだまだ伸びる。

羽田は自信を深めて小さくうなずいた。

十年間、堅実にやってきた成果だ。今は台東《たいとう》区にある貸しビルのワンフロアだが、いつか丸《まる》の内《うち》にオフィスを構えたいと考えていた。

巷《ちまた》ではテレワークが推奨されている。フューチャーソフト社でも、在宅勤務を増やしているところだ。フロアを縮小することを考慮すれば、そろそろオフィスを移転してもいいかもしれない。

「三田村、下期の数字も伸びてるぞ」

羽田が声をかけると、三田村はモニターから目を離すことなくうなずいた。

「そうか……」

短い言葉を返すだけで、にこりともしない。

相変わらず無口で愛想のない男だが、能力は高く評価している。プログラマーとしては敵《かな》わないとわかったからこそ、羽田は営業に専念することを決意できたのだ。

つくづく三田村と組んでよかったと思う。

大学で知り合い、互いにパソコンゲームが趣味ということで意気投合した。大学四年のときにパソコンのなんでも屋を設立したが、最初はほんの小遣い稼ぎのつもりだった。

当初はパソコンの設置や初期設定、トラブル対処などを行っていたが、現在はシステム開発やセキュリティ関連の仕事がメインになっている。ふたりの力が合致した結果、会社をここまで大きくすることができたのだ。

（それに……）

羽田はさりげなくフロアに視線を向けた。

経理部の席に濃紺のスーツを着た女性が座っている。セミロングの黒髪が艶やかで、チラリと見える横顔は淑《しと》やかだ。ほっそりした指で、髪を耳にそっとかける仕草に惹《ひ》きつけられる。

彼女は二宮梨奈《にのみやりな》、経理部に所属している羽田の婚約者だ。

六つ年下の二十六歳で、清楚《せいそ》な雰囲気を全身にまとっている。その見た目どおり、おとなしくてまじめな女性だ。仕事は完璧で気配りもできるが、決して出しゃばることはない。そんな謙虚なところに心を奪われた。

しかし、羽田はもともと奥手な性格だ。

仕事ならなんとか話せるが、プライベートで女性と接するのは苦手だった。梨奈は気になる存在だったが、社長と部下という関係から発展することはないとあきらめていた。

そんな梨奈と距離を縮めるきっかけになったのは昨年の忘年会だ。何度か席替えをくり返すうち、彼女と隣同士になった。そのとき、元気がなかったので羽田のほうから話しかけたのだ。

梨奈はコミュニケーションを取るのが苦手で、みんなの足手まといになっているのではと悩んでいた。だが、羽田は彼女の堅実な仕事ぶりを評価しており、そのことを伝えて元気づけた。

下心がまったくなかったと言えば嘘《うそ》になる。

相談に乗っているうちに盛りあがり、ふたりでバーに移動した。その席で、酔いにまかせて口説いたのだ。今にして思うと、彼女もかなり酔っていたのではないか。その夜、ふたりはホテルで身体《からだ》を重ねた。

当時二十五歳だった梨奈は、驚いたことにヴァージンだった。羽田も経験は多くなかったが、懸命に彼女をリードした。身も心もひとつになったときの感動は今でもはっきり覚えている。

最初は破瓜《はか》の痛みに耐えていたが、やがて微《かす》かな悦《よろこ》びが湧きあがってきたらしい。梨奈のあげる密《ひそ》やかな声が、羽田の股間を刺激した。

すべてが終わったあと、梨奈は羽田から離れようとしなかった。胸に顔を埋《うず》めて、静かに涙を流しつづけていた。彼女がつぶやいた「うれしいです」という言葉が忘れられない。

あの瞬間、この女性を幸せにしようと心に誓った。

運命の人に出会えた。これからの人生、梨奈といっしょに歩んでいきたい。それから結婚を前提とした交際がスタートした。

当初は社員たちに隠していたが、すぐに噂《うわさ》がひろまった。

ふたりで歩いているところや、食事をしているところをたびたび目撃されていた。変に勘ぐられるのはよくないと思って、婚約中であることを社員たちに公表した。

梨奈がすっと席を立った。

ファイルを手にして、こちらに向かって歩いて来る。視線が重なり、梨奈の口もとに微かな笑みが浮かぶ。しかし、他の社員たちの手前、すぐに表情を引きしめた。

「社長、経費の確認をしていただきたいのですが」

柔らかな声音が耳に心地《ここち》いい。

ふたりきりのときは「翔平さん」だが、社内では「社長」と呼ぶことに決めている。公私混同を避けるのは当然のことだ。しかし、こんなやり取りをするだけでも心が躍った。

「経費がどうかしたのかい」

羽田は平静を装って言葉を返しながら、梨奈の顔を見つめた。

清らかなだけではなく、最近はほのかな色気が見え隠れしている。羽田と交際をはじめたことで、女体は確実に変化していた。

全体的にスラリとしており、濃紺のジャケットの胸もとは、ほどよい感じにふくらんでいる。スレンダーだが腰がしっかりくびれているため、プリッとした尻が強調されていた。

（俺だけが……）

つい梨奈の裸体を思い浮かべてしまう。

この会社のなかだけでも、彼女に恋した男は多いだろう。しかし、瑞々《みずみず》しい女体は羽田しか知らない。白くてなめらかな肌を思い出すと、胸に優越感がひろがっていく。

「今年に入って、経費がずいぶん増加しているんです」

梨奈の声で我に返った。

取引額が増えているので経費がかかるのは当然だが、前年比でたいぶ高くなっているという。

「わかった。目を通しておくよ」

羽田はうなずいて、差し出されたファイルを受け取った。

梨奈が頭をさげて去っていく。タイトスカートに浮かぶ尻のまるみを、無意識のうちに凝視する。清楚でスタイルがよくて、そのうえ性格も穏やかで心やさしい。非の打ちどころがない女性だ。

(俺、本当に梨奈と……)

結婚できることがうれしくてならない。

すでに互いの両親へ挨拶をすましており、結婚披露宴は来年の六月を予定している。会社は軌道に乗って、愛する人と未来を歩んでいくことも決まった。幸せの絶頂とは、まさにこのことだ。

フューチャーソフト社を立ちあげなければ、梨奈に出会うことはなかった。大学を卒業して一般企業に就職していたら、女っ気のない淋《さみ》しい生活を送っていたに違いない。

隣のデスクでは、三田村が真剣な顔でキーボードをたたいていた。こちらのやり取りが、気にならないはずがない。かつて三田村は梨奈に恋していたのだ。それでも、何事もなかったように自分の仕事に集中していた。

(三田村、ありがとうな)

羽田は心のなかでつぶやいた。

面と向かって礼を言うのは照れくさい。きっと、三田村もそういうのは苦手だと思う。だから、あらためて感謝の気持ちを言葉にしたことは、これまで一度もなかった。

「ちょっといいか」

ふいに三田村が声をかけてきた。

経費のファイルを確認しようとしたときだった。隣の席を見やると、三田村がいつになく真剣な表情をしていた。

「このあと、飯でも行かないか」

彼の口から出たのは意外な言葉だった。

そう言われて時計を確認すると、夕方五時になるところだ。三田村から誘ってくるなどめずらしい。定時をすぎても、深夜まで平気でパソコンに向かっているような男だ。

急に不安がこみあげてきた。なにかあったとしか思えない。

「あらたまって、どうしたんだよ」

いやな予感を覚えつつ、あえて軽い口調で尋ねてみる。

三田村は業界でも突出したシステムエンジニアだ。しかし、代表取締役とはいえ、フューチャーソフト社の報酬は高くない。本人がその気になれば、もっと稼ぐ方法はいくらでもあるのだ。

まさか会社を辞めて独立するつもりではないか。いや、大手からヘッドハンティングの話があったのかもしれない。考えはじめると、不安が次から次へと湧きあがってくる。

今、三田村がいなくなったら、会社は大変なことになってしまう。システムエンジニアが何人いても、三田村が抜けた穴はカバーできないのだ。

「なにか相談でもあるのか」

深刻にならないように気をつける。勘違いであってほしい。そう願いながら、さりげなく探りを入れた。

「ちょっとな……」

聞き取りにくい、ぼそぼそとした声だった。

三田村はそれ以上、語ろうとしない。眼鏡のレンズごしに目が泳いでいる。とにかく、なにか重要な話があるのは間違いなかった。

「わかった。つき合うよ」

羽田は作り笑顔で返事をした。

今夜は梨奈と食事に行く予定だったが、三田村を放ってはおけない。取り返しのつかないことになる前に、手を打つ必要を感じた。

羽田はスマホを取り出して、急いでメールを打った。

『急で悪いんだけど、今夜の予定キャンセルしてくれないか。三田村が、なにか相談したいことがあるらしいんだ』

送信すると、すぐに梨奈がスマホを手に取るのが見えた。

メールを読んだのだろう、一瞬、睫毛《まつげ》を伏せる。そして、すぐにスマホを操作した。

『きっと、お仕事の相談でしょう。気にしないでください』

すぐに梨奈から返信があった。離れたデスクから羽田のことを見て、やさしげな笑みを浮かべた。

急な仕事が入っても、梨奈はいつも理解を示してくれる。どんなにがっかりしても、羽田に気を使わせまいと健気《けなげ》に振る舞うのだ。自分にはもったいないくらいの女性だった。

心苦しさに襲われるが、これも経営者の宿命だ。会社を守ることが、社員たちの生活を守ることにつながるのだ。

『この埋め合わせは、今度、必ずするから。帰ったら、また連絡する』

もう一度メールを打って送信する。

腕時計を確認すると、ちょうど午後五時になったところだ。隣の席で三田村が立ちあがった。

2

三田村に案内されたのは、会社からタクシーで二十分ほどのところにあるイタリアンレストランだった。

隠れ家的な落ち着いた雰囲気の店だ。照明が絞ってあり、静かな音楽が流れていた。

プログラムのことしか頭にないと思っていたので、三田村がこんなお洒落《しゃれ》な店を知っていたことに驚かされる。だが、予約してあった個室に通されると、さらなる驚きが待っていた。

「はじめまして」

椅子に座っていた女性がすっと立ちあがった。

アーモンド形の瞳で見つめられてドキリとする。茶色がかって緩くカールした髪が、艶やかな光を放っていた。唇は肉厚でぽってりしており、光沢のある赤いルージュで彩られているのも気になった。

白いスーツに身を包み、襟もとから黒のキャミソールがのぞいている。縁がレースになったセクシーなデザインだ。胸もとが大きく盛りあがり、乳房の谷間でダイヤのネックレスが光っていた。

慌てて視線をそらすと、今度は彼女の下半身が目に入ってしまう。タイトスカートの裾がやけに短く、黒の色っぽいストッキングに包まれた太腿《ふともも》が大胆に露出していた。

（だ、誰なんだ……）

羽田は言葉を失って立ちつくした。

三田村からは、なにも聞いていない。てっきり、ふたりで飲むのだと思いこんでいた。

謎の美女は口もとに微笑を浮かべている。年のころは三十代前半だろうか。華やかな空気を全身に纏《まと》っており、強烈な色香が滲《にじ》み出している。ＩＴ業界では見かけないタイプの女性だ。

「遅くなって、すみません」

三田村がぼそりとつぶやいた。

その言葉に違和感を覚える。三田村は頬の筋肉をこわばらせており、明らかに緊張していた。いったい、彼女は何者なのだろうか。

「こちらの方は――」

羽田の疑問に答えるように、三田村がやけに硬い口調で紹介する。

里見美智子《さとみみちこ》、経営コンサルタントだという。以前は大手に勤務していたが、現在は独立してフリーで活動しているらしい。

「俺も知り合いに紹介されたんだ。でも、経営のことは俺より羽田と話したほうがいいだろ」

三田村はそう言うが、なにしろ突然すぎる。

経営のことには、これまでいっさい口出ししてこなかった。そんな三田村に経営コンサルタントを紹介されるとは思いもしない。冷静な状態なら、なにも説明しなかった三田村に対して怒りが沸いていただろう。しかし、今は美智子の美貌に圧倒されていた。

「里見です。よろしくお願いします」

美智子は艶のある声で告げると、丁重に頭をさげる。

そのとき、キャミソールからのぞく乳房の谷間が強調されて、思わず視線が引き寄せられてしまう。見てはいけないと思うが、白くて柔らかそうな谷間が気になって仕方がない。

美智子が顔をゆっくりあげる。そして、小首をかしげながら、まっすぐ見つめてきた。

「あっ……わ、わたしは――」

羽田は動揺しながら、慌てて自己紹介する。

ジャケットの内ポケットから名刺を取り出すと、美智子もほっそりした指で名刺を差し出してきた。名刺を交換するとき、彼女の指先が羽田の指に軽く触れてドキリとする。たったそれだけで、胸の鼓動が速くなった。

「恭司さんから、うかがっております」

彼女が「恭司さん」と言ったことに驚かされる。

まさか、三田村と深い関係なのだろうか。ところが、そんな疑問はすぐに解消された。

「今日は翔平さんにお会いできると聞いて、楽しみにしていました」

美智子はごく自然に「翔平さん」と呼んだ。

いきなり、下の名前で呼ばれて困惑する。おそらく、初対面の相手でも、こうやって距離をつめるのだろう。

(なるほど……)

ふと警戒心が湧きあがる。

色気を振りまいて、仕事を取っているのではないか。そう考えると、露出の多い服装にも納得がいく。もしかしたら、三田村も彼女の色気に惑わされたのかもしれない。

(用心したほうがいいな)

胸のうちで自分に言い聞かせる。

美智子はなんとしても経営コンサルタントの契約を結ぼうとするはずだ。そのためには、さらに距離をつめてくるだろう。契約を取るために、どんな手を使ってくるかわからない。

脳裏に梨奈の顔を思い浮かべた。

婚約者がいる身だ。自分が間違いを起こすことは絶対にないが、誤解されるような言動にも気をつけたほうがいいだろう。

「立ち話もなんですから、座りましょうか」

美智子にうながされて席につく。

四人がけのテーブルに、羽田と三田村が並んで座った。羽田の正面には美智子が腰かけた。

すぐにウエイトレスが注文を取りに来る。とりあえず、ビールと前菜の盛り合わせ、ピッツァマルゲリータを頼んだ。

「突然だったので驚きました」

羽田は主導権を握ろうと、先に口を開いた。

それと同時に、隣の三田村を軽くにらみつける。まったく、勝手なことをしてくれたものだ。経営コンサルタントを紹介するのなら、事前に伝えておくのは当然のことだ。

苛立《いらだ》ちが伝わったのか、三田村は決してこちらを見ようとしない。硬い表情で視線を落としていた。

「わたしが無理にお願いしたんです。ごめんなさい」

美智子が殊勝に頭をさげる。

羽田の怒りを悟ったのだろう。もっとグイグイ来ると警戒していたので、神妙な顔をされると調子が狂ってしまう。

そのとき、ウエイトレスがビールを運んできた。

緊張していたため、喉が渇いている。とりあえず乾杯をして、よく冷えたビールで喉を潤した。

「フューチャーソフト社は共同経営だとうかがったので、ぜひ、翔平さんにもお会いしたかったんです」

美智子が微笑を浮かべて語りかけてくる。羽田の目を見つめてくる瞳は、しっとり潤んでいた。

「三田村から、なにを聞いているのか知りませんが、今のところ経営コンサルタントを入れる予定はないんです」

羽田はきっぱり言いきった。

彼女は気を悪くするかもしれないが、時間を無駄にしたくない。契約は考えていないので、営業トークを聞く必要はなかった。彼女が怒って席を立つなら、それはそれで構わないと思っていた。

「わたしは、まだまだ勉強中の身です。経営者の方と、こうしてお話をさせていただく機会が貴重だと考えています」

美智子は微笑を湛《たた》えたまま、穏やかに語りかけてくる。気を悪くした様子は微《み》塵《じん》もなかった。

「いくら話しても、お仕事を依頼することはないですよ」

念を押すが、彼女は表情を変えることなくうなずいた。

「直接、契約を取ることだけが仕事ではありません。名刺交換するだけでも意味があると思っています」

確かに、ビジネスにおいて、つながりを持つことは重要だ。とくに彼女のようにフリーで働いている人は、紹介で仕事をひろげていくこともあるだろう。

(俺たちも、そうだったな)

ふと昔のことを思い出す。

ふたりきりで立ちあげた会社だ。営業のノウハウなどあるはずもなく、最初は大学の友人に、パソコンのことで困っていることがないか聞いてまわった。そして、友人から口コミで少しずつひろまり、やがて企業から仕事の依頼が来るようになった。

「そういうことなら、わかりました」

羽田が答えると、美智子は満面の笑みを浮かべる。

その笑顔がいちだんと魅力的で、またしても心を揺さぶられてしまう。懸命に視線をそらして、ビールを一気に飲みほした。隣を見やれば、三田村もほっとした様子でビールを飲んでいる。

（なんか、ヘンだな……）

胸の奥に生じた違和感がさらに大きくなっていく。

三田村は無口な男だ。それでも学生時代からのつき合いなので、表情から多少の感情は読み取れる。緊張と困惑、それに動揺が滲み出ていた。

ウエイトレスが料理を運んでくる。

そのタイミングで、美智子が飲み物のおかわりを尋ねてきた。そして、彼女に勧められるまま、料理に合う赤ワインを頼んだ。

「ここのお店、すごくおいしいんですよ」

美智子がそう言いながら、前菜を皿に取ってくれる。羽田はさっそくトマトとモッツァレラのカプレーゼを口に運んだ。

「うん、これはうまい」

ひと口食べたとたん、思わず唸《うな》ってしまう。素材とオリーブオイルが合っているのか、これまでに食べたことのない味わいだ。

かぼちゃのマリネ、自家製の生ハム、レバーのパテなども絶品で、選んでもらったワインがよく合った。ついついペースが早くなり、あっという間にグラスが空になった。

「お酒、お強いんですね」

すかさず美智子がおかわりを注文する。

こういう席は営業で慣れているのだろう。注意しなければと思いつつ、美女に酒を勧められると悪い気はしなかった。

「もしかして、この店を選んだのは里見さんですか」

ワインで喉を潤してから尋ねてみる。すると、美智子はとまどったような笑みを浮かべた。

「じつはそうなんです。せっかくなので、お気に入りのお店にご案内したくて、ご提案させていただきました」

「やっぱりそうですか。三田村がこんなお洒落な店を知っているなんて、おかしいと思ったんです」

おいしい料理を食べたせいか、それともワインを飲んだせいか、口が軽くなっている。隣を見やれば、三田村が硬い表情でうつむいていた。

(やっぱり、おかしいな……)

頭の片隅に疑問が浮かぶ。

三田村は酒があまり強くない。それなのに、先ほどから羽田と変わらないペースで飲んでいた。

「翔平さんの経営哲学をお教えいただけますか」

美智子がまじめな顔で尋ねてくる。よく聞かれることで、羽田の答えは決まっていた。

「ひとつのことを、地道にコツコツやりつづける。うちの場合はシステム開発がこれに当たります」

「ほかの仕事は受けないということですか」

「まったくやらないわけではありません。ただ、仕事の主軸がどこにあるかを忘れてはならないということです」

流行《はや》りのゲームやアプリの開発には波がある。そちらに力を注ぎすぎると、ブームが去ったときが大変だ。次の波に乗り遅れたら、会社は一気に傾いて苦境に立たされる。

「堅実なんですね」

「そうやって会社を大きくしてきました。急成長は望めませんが、社員たちの生活がかかっていますから」

羽田の言葉に、美智子は納得した様子で大きくうなずいた。

だが、三田村はワインをグイグイ飲んでいる。先ほどから黙りこんでいるのが気になった。

「そんなに飲んで大丈夫か」

羽田が声をかけると、三田村は赤い顔で見あげてきた。

「俺だって、たまには飲むさ……」

そう言われて、ふと思った。

三田村なりに会社の将来を考えていたのかもしれない。経営には興味がないと思っていたが、本当は気にかけていたのではないか。それなら、こうして経営コンサルタントの美智子と引き合わせた理由もわかる気がする。

「三田村……いろいろ、ありがとうな」

感謝の気持ちを伝えるのは、これがはじめてだ。

会社を創立してから今日まで突っ走ってきた。どちらか一方が欠けても成功はなかった。ふたりで力を合わせてやってきたのだ。

「今さら、なに言ってんだよ」

三田村がぽつりとつぶやいた。

これまで見たことがない複雑な表情になっている。喜び、悲しみ、怒り、さまざまな感情が入り乱れているが、どういうわけか、口もとには微かな笑みが浮かんでいた。

「なあ、三田村……」

急に自分の声がこもって聞こえる。まるでスロー再生したような声だ。それと同時に、三田村の顔がぐんにゃり歪《ゆが》んでいく。

「羽田――」

眼鏡のレンズごしに、三田村が見つめてくる。

なにかを語りかけてくるが聞き取れない。三田村の唇が動いているのはわかるが、声が頭のなかで反響していた。

三田村が怒っているように見えたのは気のせいだろうか。

どうやら、酔いがまわったらしい。しかし、酩酊《めいてい》するほど飲んでいない。そんなことを考えているうちに、視界がぐるりと反転する。平衡感覚がなくなり、まるで暗幕をおろしたように目の前が暗くなった。

3

「……さん」

遠くで声が聞こえる。

暗くて深い場所に沈んでいた意識が、ゆっくり浮上していく。頭がぼんやりしており、なにが起きているのかまったくわからない。

「翔平さん」

再び柔らかい声が聞こえて、鼓膜をやさしく振動させる。

（この声……）

美智子の声だ。

少しずつ記憶がもどってくる。

確か、三田村と美智子と自分の三人でワインを飲んでいた。そして、途中で目がまわり、わけがわからなくなった。

酒は強いほうだ。それほど飲んだつもりはない。それとも、美智子の美貌に見《み》惚《と》れて、つい飲みすぎてしまったのだろうか。とにかく、酩酊して眠ってしまったらしい。

(なにやってんだ、俺……)

店で寝てしまったのなどはじめてだ。

まだ頭がグラグラする。だが、いつまでも寝ているわけにはいかない。異常に重い瞼《まぶた》をなんとか開くと、目の前に美智子の整った顔があった。

「大丈夫ですか」

再び柔らかい声で語りかけてくる。彼女の甘い吐息が鼻先をかすめてドキリとした。

「す、すみません……うっ」

体を起こそうとすると、頭の奥に痛みが走った。まるで、ひどい二日酔いのようだ。

「無理をしないで、まだ横になっていてください」

美智子がやさしく声をかけてくる。

だが、いつまでも寝ていたら、店に迷惑をかけてしまう。そう思ったとき、周囲の様子が変わっていることに気がついた。

「あれ……」

目だけ動かして、あたりを見まわしてみる。

先ほどのイタリアンレストランではない。羽田はベッドの上で仰向《あおむ》けになっている。サイドテーブルに置かれたスタンドが灯《とも》っており、飴《あめ》色の光が室内にひろがっていた。

右側を見やると大きな窓がある。レースのカーテンごしに、夜の闇がひろがっていた。窓の前のテーブルには、クリーム色のハンドバッグが置いてある。おそらく彼女の物だろう。

「ここは……」

「ホテルです」

美智子の唇がやけに紅《あか》く映った。

思わず声が裏返る。

シティホテルの一室だった。どうして、美智子とホテルにいるのだろうか。しかも、羽田はジャケットを脱いでおり、ネクタイも締めていない。ワイシャツのボタンが上からふたつほどはずされていた。

「翔平さんが酔ってしまったので、わたしがお連れしました」

美智子が微笑を浮かべて説明する。

彼女もダブルベッドにあがって、羽田のすぐ隣で横座りしていた。ジャケットを脱いで、上半身は黒のキャミソールだけになっている。肩紐《かたひも》が細く、鎖骨とまるみを帯びた白い肩が露出していた。

乳房の谷間では、ダイヤのネックレスが揺れている。思わず目を細めるほど眩《まばゆ》い光が、女体をより魅力的に彩っていた。

「み、三田村は……」

「恭司さんはお帰りになりました。明日も朝が早いとおっしゃっていたので、わたしが介抱すると申し出たのです」

「じゃあ、里見さんがおひとりで、俺をここまで運んでくれたんですか」

ふと疑問が湧きあがる。彼女にそんな体力があるとは思えない。酔いつぶれた羽田を、どうやって運んだのだろうか。

「いえ……男性を背負えるほど、逞《たくま》しくありませんよ」

美智子はそう言って、楽しげな笑みを浮かべた。

「酔ってはいましたけど、ご自分で歩いていましたよ。覚えていらっしゃらないのですね」

「そ、そうですか……すみません」

どうやら、泥酔していたが自力で歩けたらしい。彼女に導かれるまま、ホテルにやってきたのだろう。

「今、何時ですか」

「もう終電はありませんよ」

美智子の声はあくまでも穏やかだ。

すでに深夜一時をまわっているという。いったい、どれくらい眠っていたのだろうか。

（帰って、梨奈にメールしないと……）

脳裏に婚約者の顔が浮かんだ。

そもそも今夜は梨奈と食事に行く予定だった。しかし、三田村に相談があると言われたため、急遽《きゅうきょ》キャンセルしたのだ。梨奈には帰ったら連絡すると言ってある。遅くなると心配するかもしれない。

「すぐに帰らないと」

タクシーを使うつもりだ。手足が鉛のように重いが、なんとか上半身を起こしていく。

「うっ……」

目眩《めまい》がして再びシーツの上に倒れこんだ。

そのとき、彼女の脚が見えた。顔のすぐ前に、ずりあがったタイトスカートとストッキングに包まれた膝がある。彼女が身じろぎしたことで、寄せられていた膝がわずかに開いた。

（ダ、ダメだ……）

見てはいけないと思うが、ついつい視線がスカートの奥に吸い寄せられてしまう。暗くてはっきり確認できないため、なおさら妄想がかき立てられた。

「無理をなさらないでください」

美智子は見られていることに気づいていないらしい。

やさしくささやき、サイドテーブルに置いてあったミネラルウォーターのペットボトルを取ってくれる。だが、羽田は横たわっているため、飲むことができなかった。

「ちょっと待ってくださいね」

美智子はペットボトルの蓋を開けると、なぜか唇をつけて自分の口に含んでいく。そして、ペットボトルを置き、羽田に顔を寄せてきた。

（ま、まさか……）

そう思った直後、唇を奪われてしまう。彼女の唇が密着して、蕩《とろ》けるような柔らかさが伝わってきた。

そのまま口移しに水が流れこんでくる。体が欲していたらしく、反射的に水を嚥下《えんげ》していく。彼女の唾液が混ざっているせいか、甘くてとろみのある水が美味だった。

美智子は再びペットボトルを手に取り、同じことをくり返す。水を口移しされるたび、羽田は喉を鳴らして飲みくだした。

すると、不思議なことに気分がよくなってくる。水分が足りなかったのか、それともキスをしたことで気が紛れたのか。とにかく、あれほどつらかった目眩が治まっていた。

(流されたらダメだ……)

頭の片隅で警鐘が鳴り響く。

意識がはっきりしてきたことで、いやな予感がこみあげてきた。美智子はフリーの経営コンサルタントだ。身体を張って仕事を取るつもりかもしれない。契約のためなら、それくらいするのではないか。

「も、もう……大丈夫です」

唇が離れたとき、羽田は彼女の顔を見あげてつぶやいた。

このまま身をまかせるのは危険だ。とにかく、一刻も早くこの場から離れなければならない。

「ご迷惑おかけしました。このお礼は後日、必ずいたします」

上半身を起こしながら語りかける。

すると、美智子が肩をそっと押し返してきた。回復したつもりでいたが、まだ踏んばりが利かず、羽田はシーツの上で仰向けになった。

「もう少し、飲んでおきましょうね」

美智子はまたしても水を口に含んで唇を重ねてくる。

ところが、今度は水を口移しするだけでは終わらない。唇を離すことなく、舌をヌルリと差し入れてきた。そのまま添い寝をするような格好になり、両手で羽田の頭をかき抱いてくる。

（な、なにを……）

気づいたときには、情熱的なディープキスを交わしていた。頭のなかでは、まずいと思っている。だが、突然のことに困惑して、身動きできなかった。

「はンっ……あふンっ」

彼女の鼻から艶っぽい声が漏れている。舌先が歯茎をくすぐり、頬の内側にもねちっこく這《は》いまわっていた。

美智子の舌は、驚くほど熱くて溶けそうなほど柔らかい。婚約者がいる身にもかかわらず、美女の舌の感触に酔ってしまう。やがて緊張で震えている舌をからめとられて、唾液ごとジュルジュル吸いあげられた。

「うむっ……さ、里見さん」

理性の力を総動員して首をよじる。なんとか唇を引き剝がすが、彼女を押しのけることはできなかった。

「こういうときは、名前で呼んでください」

美智子が濡《ぬ》れた瞳で見おろしてくる。そして、再び唇を重ねてきた。

「ちょ、ちょっと……んんっ」

彼女の肩に手を添えるが、どうしても押し返せない。口内を舐《な》めまわされるほど、体からどんどん力が抜けていく。そして、いけないとわかっているのに、無意識のうちに舌を伸ばしてしまう。

「ああンっ、翔平さん」

美智子が名前を呼びながら、舌をやさしく吸ってくれる。ご褒美のように唾液を口移しされて、躊躇《ちゅうちょ》することなく飲みくだした。

（なんて甘いんだ……）

彼女の唾液はメイプルシロップを思わせる味わいだ。

その甘みが瞬く間に全身へとひろがり、四肢の先まで染み渡る。いつしか頭の芯まで痺《しび》れて、うっとりした気分に浸っていた。

どれくらいの時間、そうしていたのだろう。気づいたときには、羽田も積極的に彼女の舌を吸っていた。唾液を何度も交換しては嚥下する。これほど濃厚なディープキスは、婚約者とも交わしたことがない。

（り、梨奈……）

心のなかで、愛《いと》しい人の名前をつぶやいた。

やめなければと思っても、やめられない。目眩は消えているが、全身がトロトロになっている。もう、どこにも力が入らなかった。

「さ、里見さん……」

ようやく唇を解放されるが、息が切れてまともに話せない。すると、美智子が人さし指を立てて唇にそっと押し当ててきた。

「名前で呼んでください」

先ほどと同じことを言って、じっと見つめてくる。

口づけを交わしたせいか、強く拒絶できない。濃厚なディープキスによって、心のガードが崩れかけていた。

「み……美智子さん」

とまどいながらも、言われるままに呼びかける。すると、美智子は満足げな笑みを浮かべた。

「か、帰らないと……」

羽田は視線をそらすと、懸命に呼吸を整える。

ところが、慌てる羽田を制するように、美智子の手のひらがスラックスの股間に重なってきた。

「うっ……」

思わず小さな声が溢《あふ》れ出す。

触れられた股間から、甘い刺激が波紋のようにひろがっている。そのときはじめて、ペニスが勃起していることに気がついた。

4

（や、やばい……）

羽田は内心慌てていた。

ディープキスでペニスが反応してしまった。これでは美智子の思う壺《つぼ》だ。色仕掛けに引っかかるとは情けない。すでに、彼女の手のひらはスラックスのふくらみにぴったり重なっていた。

「どうして、こんなに硬くなってるんですか」

美智子が顔をのぞきこんで尋ねてくる。

「す、すみません」

目をそらして謝罪するが、羞恥で顔が熱くなっていく。鏡を見なくても赤面しているのがわかった。

「謝ることとありませんよ。自然なことですから」

美智子の声はあくまでも穏やかだ。微笑を湛えた表情は、羽田が困る姿を楽しんでいるようだった。

「お、俺……婚約者がいるんです」

思いきって打ち明ける。

口づけを交わす前に言っておくべきだった。とにかく、これ以上、あやまちを犯してはならない。ところが、彼女は股間から手を離さないどころか、スラックスごしに陰茎を握ってきた。

「わたし、独身なんです。だから、別に構わないですよ」

美智子はそう言いながら、ペニスをゆったり擦《さす》ってくる。甘い刺激が強くなって、先端から我慢汁が溢れ出した。

「こ、困ります」

唸るようにつぶやくが、彼女はやめようとしない。やがてベルトを緩めて、スラックスのホックをはずしてしまう。

「ちょ、ちょっと……」

慌てて彼女の手首をつかむが、まだ体に力が入らない。

ワインを飲みすぎたせいなのか、思いがけず美女に迫られて動揺しているせいなのか。もしかしたら、その両方かもしれない。抗えないまま、ファスナーを引きさげられていく。

「翔平さんの婚約者って、おいくつなんですか」

「に、二十六です」

正直に答えると、美智子は顎を微かに持ちあげた。

「お若いですね」

自分は三十四歳だとつぶやき、ペニスをキュッと握ってくる。若さへの嫉妬だろうか。しかし、彼女は直後に妖艶な笑みを浮かべた。

「婚約者がしてくれない気持ちいいこと、たくさん教えてあげます」

「ま、待ってください」

慌てて声をあげるが、当然のように無視される。そして、スラックスとボクサーブリーフがまとめてずりおろされた。とたんに屹立《きつりつ》したペニスが勢いよく跳ねあがった。

「ああっ、すごいです」

美智子が感嘆の声を響かせる。

竿《さお》は野太く成長して、カリが鋭く張り出していた。亀頭は我慢汁で濡れており、牡《おす》の強烈な匂いがホテルの一室にひろがった。

「すごく濃い匂いがしますね」

美智子の瞳が爛々《らんらん》と輝いている。

スラックスとボクサーブリーフを脚から抜き取ると、ワイシャツも脱がしてしまう。羽田はいけないと思いながらも、なぜか異常なほど昂《たかぶ》っている。わけがわからない状況で、かつてないほど興奮していた。

（どうして、こんなに……）

自分には梨奈という大切な人がいる。それなのに、どういうわけか全身の血液が沸き立つほど昂っていた。

「わたしも脱いでいいですか」

美智子は独りごとのようにつぶやき、いったんベッドから降りて服を脱ぎはじめる。

まずはタイトスカートをゆっくりおろしていく。すると、いきなり黒のガーターベルトが現れた。セパレートタイプのストッキングが、細いベルトで吊《つ》られている。パンティは黒いレースで面積が極端に少ない。デルタ地帯と、一部だけ露出している太腿に視線が吸い寄せられた。

さらにキャミソールを脱ぐと、やはり黒いレースのブラジャーが露《あらわ》になる。雪のように白い肌とのコントラストが見事で、羽田はいつしか瞬《まばた》きするのも忘れて凝視していた。

(す、すごい……)

つい記憶のなかの婚約者の裸体と比べてしまう。美智子を見ていると、梨奈のスレンダーな身体が華奢《きゃしゃ》に思えてきた。

熟れた女体は匂い立つような色香を放っている。腰は締まっているのに、乳房と尻は日本人離れしたボリュームだ。適度に脂が乗っているので、身じろぎするたびにタプタプ波打った。

「そんなに見られたら、恥ずかしいです」

自分の意志で服を脱いだのに、美智子は頬を微かに染めあげる。それでいながら、見せつけるように腰をくねらせた。

「翔平さん……」

美智子がベッドにあがってくる。羽田の脚の間に入りこんで正座をすると、前かがみになって股間に顔を寄せてきた。

「い、いけません」

小声でつぶやくが、本気で抵抗しなかった。

胸のうちでは、期待が大きくふくれあがっている。婚約者のことを忘れたわけではないが、どうしても欲望を抑えられない。

「ううっ……」

美智子のほっそりした指が、ペニスの根元に巻きついてくる。たったそれだけで、羽田は全身を思いきり硬直させた。

「あぁっ、すごく硬いです」

美智子がため息まじりにつぶやき、亀頭の先端に熱い息を吹きかけてくる。その瞬間、むず痒《がゆ》いような快感が下腹部にひろがり、羽田の両脚はつま先までピーンッとつっぱった。

「ま、待ってください……」

首を持ちあげて、己の股間を見おろした。

屹立したペニスの向こうに、美智子の顔があった。サイドスタンドのぼんやりした光が、彼女の整った美貌を照らしている。頬がほんのり桜色に染まっており、瞳はねっとり潤んでいた。

「今夜のことは、ふたりだけの秘密です」

彼女の穏やかな声が耳に流れこんでくる。

それは悪魔のささやきだ。耳を貸してはいけないとわかっているのに、拒絶することができない。これから起こることを想像すると、ペニスはますますそそり勃《た》った。

「忘れられない夜にしてあげます」

美智子はそう言うなり、舌を伸ばして亀頭の裏側に這わせてくる。ヌルリと舐めあげられて、痺れるような快感が走り抜けた。

「くぅッ……」

たまらず呻《うめ》き声が漏れてしまう。反射的に奥歯を食いしばり、眉を情けない八の字に歪めていた。

そんな羽田の反応を見て、美智子がうれしそうに目を細める。そして、今度はペニスの根元に舌先をあてがってきた。触れるか触れないかのフェザータッチで、先端に向かって舐めあげてくる。

「そ、そこは……うぅッ」

またしても、こらえきれない呻き声が溢れ出す。

彼女の舌が這っているのは、ペニスの裏側にある縫い目の部分だ。敏感な裏すじを刺激されて、震えるほどの快感がひろがった。

「ふふっ……ピクピクしてますよ」

美智子が楽しげにささやき、羽田の顔を見つめてくる。そして、視線を重ねたまま、舌先で裏すじをくすぐってきた。

（ま、まさか、こんなこと……）

信じられないことが起きている。

今日、知り合ったばかりの女性が脚の間にうずくまり、ペニスに舌を這わせているのだ。

じつは、婚約者の梨奈から口での愛撫《あいぶ》は受けたことがない。梨奈は恥ずかしがり屋で、セックスではいつも消極的だ。以前、フェラチオを頼んだことはあるが、やんわり断られてしまった。

少し残念な気はしたが、彼女の奥ゆかしさが貴《とうと》かった。焦ることはない。結婚して夜の生活を重ねていけば、いつかフェラチオしてくれる日も来るだろう。なにより、梨奈のいやがることはしたくなかった。

そう思ってきたが、今、こうして美智子にペニスを舐められていると、欲望が破裂しそうなほどふくれあがる。梨奈には強要しなかったが、本心ではフェラチオしてもらいたくてたまらなかった。

(り、梨奈……すまない)

心のなかで婚約者に謝罪した。

梨奈の顔を思い浮かべると、罪悪感に押しつぶされそうになる。それでいながら拒絶できない。胸のうちで期待が膨脹して、さらなる快楽を欲してしまう。無意識のうちに股間を突きあげていた。

「どうしたんですか。腰が浮いてますよ」

美智子に指摘されて、赤面しながら尻をシーツにつける。しかし、ペニスはますます勃起して反り返った。

「期待してるんですね」

「そ、そんなはず……」

認めるわけにはいかない。なんとか声を絞り出すと、柔らかい指で硬い肉棒の根元をしごかれた。

「くうぅッ」

またしても尻がシーツから浮きあがる。快楽が押し寄せて、全身の毛穴から汗がどっと噴き出した。

「ほら、また腰が浮いてきましたよ」

からかうように言われるが、もう力を抜くことはできない。根元をシコシコと擦られて、強制的に射精欲を煽《あお》られている。気を張っていないと、一気に暴発しそうだ。

（うぅッ……や、やばいっ）

全身が燃えるように熱くなっている。

懸命に耐えていると、彼女の指がペニスからすっと離れた。安堵《あんど》して力を抜くと、汗ばんだ尻がシーツに落ちる。呼吸が荒くなり、胸板が忙《せわ》しなく上下に弾んでいた。

「お汁がいっぱい溢れてますね」

美智子の甘ったるい声が聞こえてくる。その直後、ヌルリッとした感触が亀頭にひろがった。

股間を見やれば、美智子が妖しげな笑みを浮かべて亀頭に顔を寄せている。大量の我慢汁で濡れているにもかかわらず、まるでソフトクリームを舐めるように舌を這わせていた。

「み、美智子さん……ううぅッ」

彼女の舌が這いまわるたび、屹立した男根がヒクヒク震えてしまう。またしても快感がひろがり、新たな我慢汁が先端の鈴割れから滲み出した。

「こんなに濡らして、気持ちいいんですか」

美智子は亀頭全体に舌を這わせて、大量の汁を舐め取った。

さらに舌先で尿道口をチロチロと刺激してくる。そのとたん、くすぐったさをともなう快感がひろがった。

「うぐッ」

懸命に奥歯を食いしばる。すると、美智子が亀頭をぱっくり咥《くわ》えこんだ。

柔らかい唇がカリ首に密着したと思うと、そのまま根元までヌルヌルと呑《の》みこんでいく。

「あふっ、大きい……はむンンっ」

「ダ、ダメですっ、くうううッ」

懸命に訴えるが、彼女は首を振りはじめる。熱い口腔《こうこう》粘膜に包まれて、抑えこんでいた射精欲が瞬く間にふくれあがった。

「おおおッ……おおおおッ」

もう呻き声しか発することができない。婚約者はしてくれなかったが、美智子は嬉々《きき》としてペニスをしゃぶっている。唇と舌でやさしくしごかれるたび、我慢汁が次から次へと溢れ出した。

美智子にねぶられた竿は、我慢汁と唾液にまみれている。サイドスタンドに照らされて、ヌラヌラと妖しげに光っていた。

「はンっ……あふっ……はふンっ」

彼女が微かに漏らす声も刺激となり、射精欲は早くも限界まで追いつめられてしまう。必死に両手を伸ばして、美智子の頭を両手でつかむ。しかし、フェラチオを中断させることはできなかった。

「くうううッ、も、もうダメだっ」

羽田は低い呻き声を放ち、全身を硬直させた。

「くうううううッ！」

次の瞬間、彼女の口内でペニスが思いきり跳ねまわる。精液が勢いよく駆けくだり、先端から猛烈な勢いで噴き出した。

美智子はペニスを深く咥えたまま、熱いほとばしりを受けとめる。眉間にうっすら刻まれた縦皺が色っぽい。さらには注ぎこまれる側《そば》から、喉をコクコク鳴らしてザーメンを嚥下した。

(す、すごい……き、気持ちいい)

脳髄まで蕩けそうな快楽だ。

羽田は口をだらしなく半開きにして、四肢をシーツに投げ出している。全身をヒクつかせながら、フェラチオで射精に導かれる快楽に酔いしれた。

射精の脈動が完全に収まるまで、美智子はペニスをしっかり咥えて吸茎してくれる。すべてを飲みほすと、ようやく股間から顔をあげて、濡れた口もとを指先で拭った。

「いっぱい出ましたね」

そうつぶやく美智子の瞳はねっとり潤んでいる。

ザーメンを飲んだことで、彼女も興奮したのかもしれない。身体を起こして膝立ちになると、背中に両手をまわしてブラジャーを取り去った。露出した双《ふた》つの乳房は白くてたっぷりしている。濃いピンクの乳首と乳輪が、男心をこれでもかと刺激した。

さらに美智子はパンティをゆっくりおろしていく。すると、恥丘にそよぐ楕円《だえん》形に整えられた陰毛が露になる。パンティを脚から抜き取り、黒いガーターベルトとセパレートのストッキングが残される。

全裸よりもかえって卑猥な格好だ。セクシーなランジェリーが、熟れた女体をより艶めかしく彩っていた。

（なんて色っぽいんだ……）

まるで夢を見ているようだった。

羽田は呆《ほう》けた頭で、美智子の身体をぼんやり見つめている。射精直後にもかかわらず、なぜかペニスは雄々しく屹立していた。

「わたしも、濡れちゃった」

美智子が股間にまたがってくる。

両膝をシーツにつけた騎乗位の体勢だ。片手で陰茎をつかむと、亀頭を自分の股間へと導いていく。そのとき、彼女が下腹部を突き出したため、秘められた割れ目がチラリと見えた。

（おおっ、あ、あれが、美智子さんの……）

羽田は思わず心のなかで唸った。

陰唇は紅色で、華蜜にまみれて濡れ光っている。二枚の花弁が物欲しげに蠢《うごめ》いており、亀頭が触れた瞬間、吸いつくように覆いかぶさってきた。

「あンっ……翔平さん、すごく大きいです」

美智子の艶めかしい声が響き渡る。

腰をゆっくり落として、ペニスを自分のなかに受け入れていく。亀頭が女壺にはまりこみ、なかにたまっていた華蜜がクチュッと溢れ出す。熱い膣《ちつ》粘膜に覆われて、蕩けるような感覚が湧きあがった。

「ううッ、す、すごいっ」

羽田はこらえきれずに唸っていた。

驚くほど柔らかい媚肉《びにく》が、鉄棒のように硬化したペニスを締めつけてくる。大量の華蜜も相まって、ヌルヌル滑るのもたまらない。とにかく、熟れた女壺がもたらす快感は、これまでに経験したことがないものだった。

（そ、そんな……り、梨奈……）

胸の奥に罪悪感がひろがっている。

梨奈の顔が脳裏に浮かび、申しわけない気持ちでいっぱいだ。それなのに、ペニスを包みこむ快楽に流されてしまう。股間と股間がぴったり密着して、すべてが膣内に呑みこまれた。

「動いていいですか」

美智子は尋ねておきながら、答えを待たずに腰を振りはじめる。

陰毛を擦りつけるような前後動だ。結合部から湿った蜜音が聞こえて、淫靡《いんび》な空気が濃くなった。

「あっ……あっ……」

切れぎれの喘《あえ》ぎ声が気分を盛りあげる。サイドスタンドの明かりのなかで、大きな乳房がタプタプ揺れていた。

「ああンっ、気持ちいい」

美智子の腰の動きが速くなる。ペニスが柔らかい媚肉で絞りあげられて、またしても射精欲がふくらみはじめた。

「くううッ、そ、それ以上されたら……」

このままでは膣のなかで暴発してしまう。それだけは絶対に避けなければならない。両手を伸ばして女体を押しのけようとするが、手首をつかまれて乳房へと導かれた。

（や、柔らかい……）

軽く触れただけでも、指先が簡単に沈みこんでいく。

まるでプリンを素手でつかんでいるようだ。間違いなく梨奈の乳房よりも柔らかい。ついつい柔肉を揉《も》みあげてしまう。比べてはいけないと思うが、女壺がもたらす快楽も美智子のほうがはるかに大きかった。

「あンっ、いいわ……翔平さんも感じてるんですね」

「み、美智子さん、も、もうっ」

全身の筋肉に力をこめるが、射精欲はふくれあがる一方だ。

「婚約者とわたし、どっちが気持ちいいですか」

「そ、そんなこと……」

「教えてくれるまでつづけますよ」

美智子の腰の動きが加速する。ガーターベルトをつけた腰が艶めかしく動いて、ペニスが女壺で擦られた。

「くううッ……で、出ちゃいますっ」

「ああッ、教えてくださいっ」

「み、美智子さんっ……美智子さんのほうが気持ちいいですっ」

耐えきれずに口走る。婚約者以外の女性のなかで放つわけにはいかない。しかし、美智子のほうが気持ちいいのも事実だった。

「うれしい……あぁッ、あああッ」

美智子が甘い声を放ち、腰の動きを前後動から上下動に切り替える。膝を立てて足裏をシーツにつき、ヒップを激しく弾ませた。

「おおッ、ま、待って……おおおッ」

獣のような呻き声が溢れ出す。

ただでさえ限界近くまで高まっていたのに、こんなことをされたら耐えられない。股間を見おろせば、女壺からペニスが出入りしているのがまる見えだ。視界がまっ赤に染まり、全身が快楽に包まれた。

「くううッ、で、出るっ、出る出るっ、ぬおおおおおおッ！」

もう、なにも考えられない。たまらず股間を突きあげて、欲望を思いきり解放する。ペニスが激しく脈動すると同時に、大量のザーメンがすさまじい勢いで噴きあがった。

「はあああッ、翔平さんっ、い、いいっ、あぁあああああッ！」

美智子もアクメの嬌声《きょうせい》を響かせる。背中を大きく反らして、双つの乳房がタプンッと弾む。美しい顔を歪めて昇りつめる様が色っぽい。膣襞《ひだ》が波打ち、ペニスがこれでもかと締めつけられた。

美智子が胸板に倒れこんでくる。

女体をそっと抱きしめると、彼女が唇を重ねてきた。まだペニスは膣のなかに入っている。その状態で舌をからめることで、蕩けるような感覚が全身を包みこんだ。

(ああっ……なんて気持ちいいんだ)

頭のなかがまっ白になっている。

間違いなく人生で最高の快楽だった。この世に、これほど気持ちいいことがあるとは知らなかった。

第二章　穢《けが》された純愛

1

翌朝、羽田は恐るおそる出社した。

梨奈という婚約者がいる身でありながら、ほかの女性と身体《からだ》の関係を持ってしまった。

その事実は羽田の胸に重くのしかかっていた。泥酔して判断力が鈍っていた状態だったとはいえ、美智子の誘惑に抗《あらが》えなかった。最愛の女性を裏切り、一時の快楽に溺れたのは間違いない。

今、羽田はオフィスの自分の席についている。

隣では、三田村が熱心にキーボードをたたいていた。フロアに視線をめぐらせれば、大勢の社員たちがいつもどおり働いている。そのなかには、もちろん梨奈の姿もあった。

(俺は、なんてことを……)

後悔の念が胸の奥にひろがっていく。

梨奈の顔を見たことで、なおさら己の犯した罪の大きさを自覚した。いつもは心が和む清楚《せいそ》な横顔も、今日ばかりは見ているのがつらかった。

どうして、あんなことをしてしまったのだろう。

パソコンに向かって仕事をしているふりをしながら、またしても昨夜のことを思い返した。

酒は強いほうだが、なぜかワインを少し飲んだだけで酩酊《めいてい》してしまった。

イタリアンレストランでわけがわからなくなり、気づくと美智子とふたりでホテルの一室にいた。

そして、水を口移しされているうちに昂《たかぶ》り、どうしても拒めなかった。あれほど興奮したのは久しぶりだ。ペニスはかつてないほど硬くなり、結局、二度も射精するまで勃起が治まらなかった。

すべてが終わったあと、羽田は魂が抜けたように呆《ほう》けていた。

婚約者を裏切った罪悪感もあるが、なにより強烈な快感に全身が痺《しび》れて動けなかった。羽田がベッドで横になっている間に、美智子はシャワーを浴びて帰り支度を整えた。

——また、お会いしましょう。

去りぎわに彼女が放った言葉が耳の奥に残っている。

あれは、どういう意味だったのだろうか。なにかが心に引っかかったが、とにかく羽田も急いでシャワーを浴びるとホテルをあとにした。ひとり暮らしのマンションに着いたのは、深夜二時すぎだった。

『連絡、遅くなってごめん。疲れて寝ちゃってた』

すぐ梨奈にメールを送信した。

嘘《うそ》をついたことで、さらに心が痛んだ。

だが、本当のことを知られるわけにはいかない。梨奈を好きな気持ちに嘘はない。生涯のパートナーは彼女しかいないと思っている。ソファで寝てしまったことにして、ごまかすつもりだった。

そのとき、パソコンに向かっていた梨奈がふいに顔をあげた。

羽田の視線を感じたのかもしれない。こちらを向いたことで目が合った。梨奈は頬をほんのり桜色に染めると、口もとに微笑を浮かべた。

(梨奈、悪かった……許してくれ)

作り笑顔で応えながら、心のなかで謝罪する。

必死に取り繕っている自分がいやだった。それでも、梨奈と別れたくない一心で、平静を装いつづけた。

(それにしても……)

視線をそらすと、羽田は眉間に縦皺《たてじわ》を刻みこんだ。

美智子の考えていることがわからない。彼女は経営コンサルタントだ。やはり契約を取りたくて、身体の関係を持ったのだろうか。そうだとすると、羽田の弱みを握ったつもりかもしれない。

婚約者がいるのに、美智子と肉欲に溺れたのだ。

昨夜のことが公になったら、婚約が破談になるのはもちろん、会社の評判も地に落ちる。代表取締役として、あってはならないことだ。社員からの信頼も失ってしまうだろう。

美智子は秘密にする交換条件として、契約を迫ってくるのではないか。その場合、おそらく長期の顧問契約を求めてくるはずだ。相場は月二十万円といったところだが、足もとを見て吹っかけてくる可能性もある。

（結局、色仕掛けだったのか……）

思わずため息が漏れた。

用心していたつもりだが、引っかかってしまったらしい。羽田の予想どおりなら、美智子は必ず連絡してくるはずだ。

――また、お会いしましょう。

あの言葉の意味がわかった気がする。

次に会うときはビジネスの話をするつもりなのだろう。身体を張る覚悟があるのだから、一気にたたみかけてくるはずだ。こちらが対策を練る前に、彼女のほうから接触を図ってくると踏んでいた。

（どうすればいいんだ……）

こんなことは誰にも相談できない。

美智子に要求されるまま、経営コンサルタントの契約を結ぶのか、それとも口止め料を払うのか。いずれにせよ、こちらが不利な状況なのは間違いない。質《たち》が悪ければ、しつこくつきまとわれるかもしれない。

（まいったな……）

ふと隣を見やる。

三田村の様子はいつもと変わらない。ときおり眼鏡《めがね》のブリッジを指先で押しあげては、軽快にキーボードを打っている。

そういえば、三田村はあれから美智子と連絡を取ったのだろうか。もともと三田村の紹介で会ったのだ。もしかしたら、なにか聞いているかもしれない。美智子がよけいなことを言っていないか心配になってきた。

「昨日は悪かったな」

思いきって、羽田のほうから話を振ってみる。さりげない会話から探りを入れるつもりだ。

「べつに……俺は先に帰らせてもらったから」

三田村はパソコンのモニターから目を離さなかった。

「里見さん、怒ってなかったか」

「なにも聞いてない」

またしても、あっさりした言葉が返ってくる。どうやら、三田村は美智子と連絡を取っていないようだ。

「里見さんがタクシーに乗せてくれたんだ。迷惑かけちゃったな」

暗にすぐ帰ったと匂わせるが、三田村はまったく興味がないらしい。もはや相づちすら打たなかった。

（そうか、なにも聞いてないのか）

羽田は内心ほっと胸を撫《な》でおろした。

昨夜のことは、羽田と美智子だけしか知らない。それなら、わざわざ三田村に報告することはないだろう。秘密を共有している人数はできるだけ少ないほうがいい。あとは自分と美智子だけの問題だ。

オフィスの電話が鳴るたび、美智子ではないかと身構える。しかし、予想に反して、夕方になっても連絡はなかった。

あの言葉に深い意味はなかったのだろうか。

不思議に思っていると、スマホがメールの着信音を響かせた。恐るおそる確認すると、差出人は梨奈だった。

『今夜はお時間ありますか』

文面はあっさりしているが、彼女の控えめな性格が感じられる。昨日の予定がキャンセルになったので、今夜、食事に行きたいのだろう。そんな彼女が愛《いと》おしくてならない。

羽田は胸が温かくなるのを感じて顔をあげる。すると、彼女もこちらを見ており、ふたりの視線が重なった。

『大丈夫だよ。食事に行こうか』

メールを打って送信する。スマホを確認した梨奈の口もとに、微《かす》かな笑みが浮かんだ。

『うれしい。いつもの喫茶店で待ってます』

すぐに返信がある。

仕事帰りに会うときは、いつも会社近くの喫茶店で待ち合わせをしていた。すでに公認の仲だが、社内では必要以上に話さないようにしている。仕事とプライベートをわけるのは社長として当然だ。社員たちの前では、だらけた姿を見せられない。

(梨奈……もう、絶対にあやまちは犯さないよ)

心のなかで誓いを立てる。

梨奈を幸せにしたいという気持ちは本物だ。結婚したら、梨奈は退職して家庭に入ることになっている。何年かすれば子供も生まれるだろう。明るく笑顔の絶えない家庭を作りたい。そのためにも、これまで以上にがんばって仕事をするつもりだ。

(俺がしっかりしないと……)

自分がやったことは、自分で責任を取らなければならない。

美智子から連絡があったら、逃げることなく誠実に対処するつもりだ。そうすれば、輝かしい未来が訪れると信じていた。

2

翌日、羽田が出社すると、オフィスは異様な空気に包まれていた。

いつもなら「おはようございます」と声がかかるが、今朝は誰も挨拶してこない。それどころか、社員たちは冷たい視線を向けてくる。とくに女性陣の瞳には軽蔑の色さえ感じられた。

(なんだ、この雰囲気は……)

羽田は眉をひそめながら、自分のデスクへと歩み寄る。隣のデスクには、すでに三田村の姿があった。

「なんかあったのか」

不審に思って声をかける。すると、三田村は無言のまま、前方に向かって顎をしゃくった。

何事かと思って見やれば、数人の女子社員が集まっている。そこは梨奈の席に間違いない。彼女たちの中心に梨奈が座っており、なぜか両手で顔を覆って、肩を小刻みに震わせていた。

どうやら、泣いているらしい。同僚たちが背中を撫でたり、ハンカチを差し出したりして慰めていた。

「梨奈……」

思わず小さな声が溢《あふ》れ出す。その声が届いたのか、女子社員たちが鋭い視線を送ってきた。

「なっ……なにがあったんだ」

見すごすことはできずに声をかける。

ところが、誰も答えず、梨奈も顔をうつむかせてしまう。なにがあったのかはわからないが、羽田に対する強い反発は伝わってきた。

胸の奥に不安がこみあげる。

昨夜は梨奈と出かけたが、とくに問題はなかった。馴染《なじ》みの中華料理店で、会話と食事を楽しんだ。そのあと、タクシーで彼女をマンションまで送った。泊まりたい気持ちもあったが、美智子のことが解決するまでは我慢すると心に決めていた。

梨奈も楽しんでくれたと思う。それなのに、今は目も合わせてくれない。いったい、なにがあったというのだろうか。

とにかく、梨奈に話を聞かなければはじまらない。歩み寄ろうとしたとき、三田村が声をかけてきた。

「羽田、ちょっといいか」

「あとにしてくれ。梨奈の様子がおかしいんだ」

そのまま梨奈のもとに向かおうとする。ところが、背後から肩をぐっとつかまれた。

振り返ると、三田村が硬い表情で見つめてくる。眼鏡のレンズの奥で、両目が鋭い光を放っていた。

「共同経営者として話がある」

抑揚のない淡々とした声だが、やけに強い言葉だった。

会社に関することなのは確かだ。よほど重要な話があるらしい。これまで見たことがない真剣な表情だった。

「わかった……」

会社のことは、あとまわしにできない。梨奈のことが心配だが、今は女子社員たちにまかせておくしかないだろう。

「こっちに来てくれ」

三田村はノートパソコンを抱えて、オフィスから出ていく。羽田は不思議に思いながら追いかけた。

「どこに行くんだ」

「会議室だ」

「どうして、わざわざ会議室に行くんだ。みんなに聞かれたら、まずい話でもあるのか」

苛立《いらだ》ちを隠せず、矢継ぎ早に質問を浴びせる。できれば、梨奈の顔が見える場所にいたかった。

「困るのは俺じゃない。羽田、おまえだぞ」

前を歩く三田村がぼそりとつぶやいた。

その声には怒りが滲《にじ》んでいる。感情をあまり表に出さない三田村にしてはめずらしい。いったい、なにがあったというのだろうか。

オフィスの隣にある会議室にふたりで入る。

三田村はこれから交わす会話が重要なものであることを示すように、ドアにしっかり鍵をかけた。

長机が六つ、大きな長方形を作るように置いてある。周囲には折り畳み式の椅子があり、窓には白いブラインドがかかっていた。隙間から朝の光が差しこんでくるが、流れる空気は重苦しい。

三田村はブラインドを背にして椅子に腰かけた。長方形のちょうど角にあたる部分だ。

「それで、話ってなんだ」

羽田も椅子に座るなり、急《せ》かすように話しかけた。

早く話を終わらせて梨奈のもとに駆けつけたい。今は会社のことより、婚約者のことが心配だった。

そんな羽田の心境など無視して、三田村は机に置いたノートパソコンを開いている。いつもとは雰囲気が違う。むっつり黙りこみ、なにやら厳《いか》めしい顔になっていた。

「出勤したら、こんなメールが届いてたんだ」

三田村がノートパソコンをこちらに向ける。画面には一通のメールが開いた状態になっていた。

『代表取締役　羽田翔平の裏の顔』

本文はその一行だけだ。そして、ファイルが添付されていた。

「なんだよ、これ……」

いやな予感がする。ただのいたずらですまないことは、三田村の真剣な表情から想像がついた。

「ファイルを開いてみろ」

三田村にうながされて、恐るおそるファイルをクリックする。すると、動画再生ソフトが立ちあがり、いきなり動画が流れはじめた。

画面いっぱいにベッドが映し出される。真横から撮影する角度で、白いシーツに男と女が横たわっていた。動画を撮影するには光が弱いが、カメラの性能がいいのか隅々まではっきり確認できた。

男はワイシャツ姿で仰向《あおむ》けになっており、女が覆いかぶさるように唇を重ねている。女は黒のキャミソールで乳房の谷間が大胆に露出していた。舌をからませる湿った音が、スピーカーから絶えず漏れている。

（こ、これは……）

羽田は前のめりになり、両手でノートパソコンをつかんだ。

目を見開いて画面を凝視する。この男女は羽田と美智子に間違いない。一昨日の夜、ホテルで介抱してもらったときの映像だ。なぜ、こんな物があるのだろうか。なにが起きているのかわからず、頭がパニック状態に陥った。

「おまえと里見さんだよな」

確認するように三田村がつぶやいた。

答えるまでもない。なにしろ、顔がはっきり映っている。言い逃れする気も起きないほど鮮明だった。

頭のなかがまっ白になっている。羽田は頬の筋肉をひきつらせて、ただ画面を見つめていた。

美智子が羽田の脚の間に入りこんで、ペニスを口に含んでいる。首をゆったり振り、唇と舌で刺激を与えているところだ。自分の情けない呻き声がスピーカーから漏れていた。

――くううッ、も、もうダメだっ。

快楽にまみれて呻いた直後、体が硬直して射精するのがわかった。

一昨日のことなので、はっきり覚えている。あの日は異常なほど興奮して抗えなかった。

（どうして、こんな動画が……）

全身を震わせて快楽に浸る自分の姿を目の当たりにして、羞恥と恐怖が湧きあがってきた。

まさか撮影されていたとは思いもしない。あのホテルのどこかにカメラがしかけられていて、すべてを隠し撮りされていたのだろう。

今、ベッドの上では、羽田と美智子が騎乗位でつながっている。あのときは最高潮に昂っていたが、あとからこうして見ると、自分が肉欲を貪る姿はあさましいのひと言だ。

しかも、相手は婚約者ではなく、出会ったばかりの女性だ。名刺交換こそしたが、知り合ってから数時間しか経《た》っていなかった。

「こんなことのために紹介したわけじゃないぞ」

三田村の言葉が追い打ちをかける。

会社のプラスになると思って、経営コンサルタントを紹介したのだろう。三田村が怒る気持ちは理解できる。しかし、誰がどういうつもりで、この動画を撮影したのか、まったくわからなかった。

——あンっ、いいわ……翔平さんも感じてるんですね。

スピーカーから聞こえる美智子の声が大きくなる。腰を艶《なま》めかしく振り、恍惚《こうこつ》の表情を浮かべていた。

——婚約者とわたし、どっちが気持ちいいですか。

美智子が問いかけると、仰向けになった羽田は困惑の表情になる。それでも快楽に流されているのか、呻き声がとまらない。

——み、美智子さんっ……美智子さんのほうが気持ちいいですっ。

懸命に耐えていたが、ついに口走ってしまう。その直後、美智子の腰の振り方が激しくなり、ふたりは同時に昇りつめた。

「ち、違うんだ……か、彼女が……」

こうなったら、すべてを正直に話すしかない。

あの夜、気がつくとホテルにいた。そして、美智子が迫ってきて、拒みきれずに関係を結んでしまった。だが、それを説明する前に、三田村が衝撃的な言葉を口にした。

「このメール、全社員に届いてるんだ」

それを聞いた瞬間、思わず言葉を失ってしまう。

この動画ファイルを全社員が見てしまった。それは、すでに梨奈の目にも触れてしまったことを意味している。あんな台詞《せりふ》を聞かれたかと思うと、絶望的な気持ちになった。

「そ、そんな……」

血の気がサーッと引いていく。

だから、梨奈は涙を流していたのだ。同僚たちが慰めていた理由も、女性社員たちが鋭い視線を向けてきた理由も、すべて理解できた。

(なんとかしないと……)

焦りがこみあげて全身にひろがっていく。

このままでは婚約を解消されてしまう。話したところで、わかってもらえるかわからない。梨奈以外の女性とセックスしたのは事実だ。しかも、動画という言い逃れできない証拠もあった。

「すまない。あとでちゃんと説明する」

羽田は椅子から立ちあがろうとする。今は梨奈と話すことが先決だ。ところが、三田村がぐっとにらんできた。

「話はまだ終わってない」

いつになく強い口調だ。

気圧《けお》されて椅子に座り直すと、三田村は眼鏡を指先で押しあげてから、あらたまった様子で口を開いた。

「メールはもう一通ある。これも全社員に送られてきた」

パソコンを操作して、もう一通のメールを表示させる。

『羽田取締役は会社の金を横領している』

たった一行だけ、そう書かれていた。

まったく身に覚えのない話だ。ただの誹謗《ひぼう》中傷で相手にする価値もない。たまに、こういうメールが送られてくることがある。なんの根拠もないので、無視するのが一番だ。

ところが、この日の三田村は違っていた。真剣な表情で、羽田の顔を見つめてきた。

「おい、まさか俺を疑ってるのか」

「自分は潔白だって言うんだな」

「潔白もなにも、俺が横領なんてするはずないだろう」

思わずむっとして言い返す。

だが、三田村は一歩も引こうとしない。学生時代からのつき合いだが、こんな強気な態度を取られたことはなかった。

「あんな動画を見たあとだ。社員たちは動揺していた。おまえを信じたくても、放っておくわけにはいかなかったんだ」

三田村の口調は淡々としている。やけに冷静なのが気になった。

「悪いが、羽田のパソコンを調べさせてもらった」

「おい、勝手に見たのか」

怒りがこみあげてくる。

パソコンを見られるのは構わない。ロックをかけてあるが、三田村なら簡単に解除できるだろう。なにもやましいところはないので、こちらから見せてやっても問題なかった。

だが、疑われたことは我慢ならない。

美智子の誘惑に乗ったのは事実だ。しかし、それとこれとは話が別だ。横領の疑惑をかけられたのは屈辱以外の何物でもない。

「そんなに俺が信用できないか」

「逆の立場だったら、おまえも同じことをしたはずだ」

そう言われて、はっとした。

確かに三田村の言うことにも一理ある。友達同士ではじめた会社は、大勢の社員を抱えるまでになった。もう、自分たちだけのものではない。代表取締役として、社員たちの生活を守っていかなければならないのだ。

「それで、どうだった」

羽田は怒りを抑えてつぶやいた。

なにも出てこないのは、わかりきっている。まずいものといえば、せいぜい梨奈とやり取りした個人的なメールくらいだ。それくらいで、責任問題に発展することはないだろう。

「見つかったよ」

三田村の声のトーンが低くなる。

思わず見やるが、ブラインドごしに差しこむ明かりが逆光になっていた。顔は確認できないが、眼鏡のレンズの向こうで目が光っていた。

「見つかったって、なにが……」

「裏帳簿だ」

三田村がパソコンを操作する。再びこちらに向けられた画面には、見覚えのない帳簿が表示されていた。

「おまえのパソコンからコピーさせてもらった」

確固たる証拠を突きつけたという感じで、三田村が言い放った。

「知らないぞ。こんなもの見るのもはじめてだ」

羽田は言葉を返しながら裏帳簿をにらみつける。さっと目を通したところ、いかにもそれらしく作られていた。

「みんなが見ている前で、この裏帳簿を発見したんだ」

「お、おい、本気で俺を疑ってるのか……」

思わず声に怒気がこもった。

激しく動揺している。美智子の動画だけでも慌てていたのに、まったく身に覚えのない疑惑をかけられているのだ。きっと梨奈にも疑われていると思うと気が気でなかった。

「だいたい、そのメール、誰が送ってきたんだよ。送ってきたやつが、一番、怪しいだろ」

「送り主はわからない。海外の複数のサーバーを経由してるから、発信元もたどれない。そんなこと、おまえも知ってるだろ」

三田村が冷たく突き放す。

こういった不審なメールで、発信元をわからなくするのは当然だ。割り出すことは、まず不可能だろう。

「メールはともかく、羽田のパソコンから裏帳簿が出てきたのは事実だ」

「そ、そんなはずはない。裏帳簿なんて知らないぞ」

むきになって言い返すほど、必死に弁解している感じになってしまう。冷静な判断力を失い、全身の毛穴からいやな汗が噴き出した。

「今、金の流れも調査させているところだ」

そう言われて思い出す。

先日、梨奈から確認を頼まれていた。確か今年に入ってから、経費が増えているという話だった。

「そういえば、経費が増えているって――」

「経費に見せかけて横領したのか」

三田村が言葉をかぶせてくる。端《はな》から羽田を疑ってかかっていた。不正を働いたと思いこんでいるのだ。

「残念だよ。梨奈さん、泣いてたぞ。婚約者が浮気していただけじゃなく、横領までしてたんだからな」

三田村の言葉が胸に突き刺さる。

なにより、梨奈のことを言われるのがつらかった。一刻も早く誤解をとかなければならない。しかし、美智子のことは言いわけできない。セックスしたのは紛れもない事実だった。

「横領なんてしてない。ちゃんと調べてくれよ」

「梨奈さんに誓えるのか」

そう言われて胸が苦しくなる。

横領はしていない。だが、浮気をした男がなにを言ったところで、彼女は耳を貸してくれないだろう。

「今のところ、二千万円ほどの損失が出ている」

「に、二千万……」

「俺だって、おまえを犯罪者にしたくない。このまま会社を去り、横領した金を返せば告訴はしない」

三田村が諭すように語りかけてくる。

どうして、こんなことになってしまったのだろう。まるで悪夢を見ているようだった。

「社員たちには、俺から口外しないように言っておく。もし、警察ざたになったら、おまえはお終《しま》いだ」

「お、俺は、本当に――」

「とにかく、今日は帰ってくれ。みんな、動揺してるんだ。調査結果が出るまでは出社するなよ」

三田村の言葉が重く響いた。

うながされて席を立つしかなかった。社長が婚約者を裏切って浮気をしただけではなく、横領の疑いまでかかっているのだ。確かに、今は会社にいないほうがいいだろう。

調査結果が出れば、身の潔白は証明される。それまでは、おとなしくしているしかない。

「オフィスには寄らないほうがいい」

ドアに向かう羽田の背中に、三田村が声をかけてきた。

梨奈に会いたい。浮気のことを謝罪して、横領していないことを訴えたい。だが、互いに動揺している。おそらく話し合いにならない。いったん、心が落ち着くのを待つべきだ。

羽田は不安を胸に抱えたまま、立ち去るしかなかった。

3

（どうなってるんだ……）

ひとり暮らしのマンションに帰ると、ソファに身を沈めた。

フルマラソンを走った直後のように疲れきっている。もう立ちあがる気力すらない。予想外の出来事が起こり、身も心も疲弊していた。

横領、犯罪者、告訴――。

三田村の発した言葉が、頭のなかをグルグルまわっている。

まさか、いっしょに会社を立ちあげた仲間に、そんなことを言われる日が来るとは思いもしなかった。

なにより、梨奈に浮気を知られてしまったショックが大きい。セックスの動画まで見られてしまったのだ。事実だから言いわけできない。どうすれば許してもらえるのか、それればかり考えていた。

どれくらいの間、ソファに座りこんでいたのだろう。気づくと日が傾き、窓からオレンジがかった光が差しこんでいた。

（やっぱり……）

やがて恐ろしい考えに思い至った。

不審なメールが届き、セックスの動画が添付されていた。あれは美智子が隠し撮りしたと考えるのが自然だろう。

動画はベッドを真横から撮影していた。ホテルの部屋を思い浮かべると、窓側のどこかにカメラがあったはずだ。確か窓のすぐ前にテーブルがあり、そこにクリーム色のハンドバッグが置いてあった。あのバッグにカメラが仕込まれていたのではないか。

美智子は最初から盗撮するつもりで迫ってきたのだろう。美智子を羽田に紹介したのは三田村だ。

（まさか、あいつに限って……）

何度も考え直したが、毎回、同じ結論に達してしまう。

一連の出来事は、三田村が黒幕ではないか。会社を乗っ取るためだと仮定すれば、すべての説明がつく。

もう一通の不審なメールは、羽田の横領を告発していた。実際、羽田のパソコンから裏帳簿が発見された。

それくらいの操作は、三田村なら朝飯前だ。金の流れも、羽田に疑いが向くように仕組めるはずだ。三田村が本気になったら、社員たちが総出で調査をしても真相はわからないだろう。

三田村は学生時代からの友達だ。パソコンに関しては天才だが、会社の経営には興味を示さなかった。だから、システム開発は三田村にまかせて、羽田は営業に力を入れた。ふたりで力を合わせて会社を大きくしてきた。それなのに、三田村が会社の乗っ取りを画策するとは意外だった。

(とにかく、なんとかしないと……)

このままでは梨奈を失うばかりか、犯罪者に仕立てられて会社を追い出されてしまう。

警察に相談するべきだろうか。

しかし、会社のシステムはすべて三田村が開発している。おそらく、警察でもパソコンから証拠を見つけ出すことは不可能だ。しかも、羽田は浮気をしたことで、社内の印象が悪くなっている。誰も味方になってくれないだろう。

でも、経理部に所属している梨奈なら、経費などを細かくチェックすれば不正を見つけられるのではないか。それが解決の糸口になるかもしれない。だが、今のままでは協力してくれると思えなかった。

警察が介入することで、かえって自分の立場は悪くなるだろう。証拠がない以上、横領をしたと断定される可能性のほうが高い気がした。

（警察はダメだ……）

こうなったら、自分の力で身の潔白を証明するしかない。

すべては羽田をはめるための周到な罠《わな》だ。どこから崩していけばいいのだろうか。メールや裏帳簿は、三田村がかかわっている以上、いくら調べても証拠が出てくるとは思えない。

（そうだ……）

羽田はジャケットのポケットから財布を取り出した。

中身をテーブルの上にぶちまけて、「里見美智子」と印刷された名刺を手に取った。これが彼女につながる唯一の手がかりだ。

三田村が美智子に仕事を依頼したのだろう。浮気をさせたのは、社内での羽田の立場を悪くするためだ。美智子はフリーの経営コンサルタントでは食っていけず、汚い仕事に手を染めたのではないか。

（要は金ってことか……）

なにかスイッチが入った気がした。

これまで三田村のことを仲間だと信じて疑わなかった。一生、つき合っていける親友だとも思っていた。それなのに裏切られて、今まさに罠にはまって必死にもがいている。

こうなったら、こっちも汚い手を使うまでだ。

あの女が金で雇われたのなら、それ以上の金を積むしかない。美智子をこちらに引きこんで、三田村の計画をすべてを明るみに出す。自力でなんとかするしかない。この際、金に糸目をつける気はなかった。

さっそく名刺に印刷されている電話番号にかけてみる。

美智子が出たら、なんとしても食いさがるつもりだ。ところが、電話は美智子がフリーになる前に勤務していたという、大手の経営コンサルタント会社につながった。

いやな予感を覚えつつ、美智子のことを尋ねてみる。しかし、現在はもちろん、過去にも在籍していた記録はないという。

（まさか……）

焦燥感がこみあげる。

インターネットで「里見美智子」「経営コンサルタント」と打ちこんで検索するが、一件もヒットしない。ほかにも思いつくかぎりのワードで調べるが、結果は同じだった。

「クソッ……」

思わず声に出して吐き捨てた。

フリーの経営コンサルタントとして活動しているのなら、今どきホームページくらい作っているはずだ。つまり、そもそも美智子は経営コンサルタントではなかったのだ。

（や、やられた……）

全身から力が抜けていく。

なにもかもが嘘で塗り固められていた。この名刺も羽田を騙《だま》すために作られた物に違いない。当然ながら、里見美智子というのも偽名だろう。そんな女は、この世に存在しないのだ。

（三田村、どうして……）

本気で羽田を罠にはめようとしている。

いったい、なにがあったというのだろう。これまで上手《うま》くやってきたつもりでいた。こんな仕打ちを受ける理由がわからなかった。

解決方法が見つからないまま、夜になってしまった。

時刻は午後十時をまわっている。羽田は飯も食わずに、ウイスキーをラッパ飲みしていた。ジャケットを脱ぎ捨てて、ネクタイもはずしている。ソファにだらしなく座り、テーブルの上に脚を投げ出していた。

とてもではないが、飲まないとやっていられない。

今夜は酔いつぶれたい気分だ。しかし、ボトルを半分ほど空けたが、いっこうに酔いがまわらない。もともと酒は強いほうだが、神経が昂っているのか頭は冴《さ》える一方だった。

（あの夜は、どうして……）

ふと一昨日のことを思い出す。

ワインを少し飲んだだけなのに、意識をなくすほど酩酊した。そして、気づくとホテルの部屋にいたのだ。

今にして思うと、おかしい気がする。あの夜は異常なほど興奮したが、あれもはじめての感覚だった。

(もしかしたら……)

薬を盛られたのではないか。

そうだとすると、少量の酒で酔いつぶれたのも、かつてないほど昂ったのも説明がつく。隙を見てワインに睡眠薬を混ぜたのではないか。そういえば、ホテルでは水を口移しされている。もしかしたら、あの水に興奮する薬が入っていたのかもしれない。

(そうか……そういうことか)

ようやく全貌が見えてきた気がする。

いくら美人とはいえ、美智子の誘惑に乗ってしまったことが、どうにも腑《ふ》に落ちなかった。梨奈のことを忘れたわけではない。頭では悪いと思いつつ、どうしても興奮が抑えられなかった。

だが、薬を盛られていたのなら納得だ。ぼんやりしていたものが、今は確信に変わっていた。

美智子の手口がわかってきた。だが、それを証明する術《すべ》がない。羽田の血液や尿を調べれば、薬物が検出できるかもしれない。しかし、美智子に盛られたという証拠はなかった。

（もう、どうにもならないのか……）

胸の奥に諦めの気持ちがひろがっていく。苛立ちにまかせて、ウイスキーをグイッと呷《あお》った。

喉が焼けるばかりで、まったく酔うことができない。今ごろ、梨奈はどうしているだろう。羽田の浮気を知り、涙を流していた姿が頭に残っている。仕組まれたこととはいえ、やってしまったのは事実だ。

今すぐ謝りたい。なにを言っても信じてもらえないかもしれないが、とにかく謝罪の言葉を伝えたかった。

テーブルに投げ出してあったスマホを手に取り、アドレス帳から梨奈の番号をタップした。

（頼む、出てくれ……）

呼び出し音を聞きながら、心のなかで祈りつづける。

いつもなら、すぐに梨奈の柔らかい声が聞こえてくるが、この日はどんなに鳴らしても出てくれなかった。

それならばと電話を切って、メールを送ることにする。

『お願いだから、話を聞いてほしい』

長々とは書かず、簡潔な文章を送信した。

とりあえず電話でもいいので、梨奈の声を聞きたい。そして、自分の言葉で謝りたかった。

そのうえで、三田村の裏切りを伝えるつもりだ。そして、できることなら会社の経費を調べてほしい。梨奈に協力してもらえれば、なにかをつかめるかもしれなかった。

（やっぱり、ダメか……）

羽田はスマホを何度も確認して、肩をがっくりと落とした。

いつまで待ってもメールの返信はない。期待はしていなかったつもりだが、あらためて現実を突きつけられると落胆した。婚約者が浮気をしている動画を見たのだから、梨奈が返信する気にならないのは当然だった。

苛立ちにまかせてウイスキーをラッパ飲みする。喉ばかりか、胃まで熱く燃えあがった。

そのとき、スマホがメールの着信音を響かせた。羽田は慌ててソファに投げ出してあったスマホを手に取った。

（なんだ、違うのか……）

思わずため息が溢れ出す。

てっきり梨奈からの返信だと思ったが、画面に表示されているのは「リナの秘密の動画」という文字だった。

迷惑メールの類だろう。即座に削除しようとするが、「リナ」という名前が心に引っかかった。

（梨奈……）

単なる偶然だと思うが、婚約者の顔が脳裏に浮かんだ。

自分が苦しめられているせいか「動画」と書いてあるのも気になった。危ないと感じたら、そのときすぐに削除すればいいだろう。思いきってメールを開いてみる。

『ライブ配信動画』

たった一行、そう書いてあり、アドレスが貼りつけてあった。

普通の精神状態なら、こんな怪しいものは絶対にタップしない。しかし、今は心が荒《すさ》んでいる。さほど酔っているつもりはないが、ウイスキーをがぶ飲みした影響もあるかもしれない。とにかく、婚約者と同じ「リナ」という名前を無視できなかった。

（騙されてやるか）

やさぐれた気持ちで、アドレスをタップした。

どうせアダルトサイトに飛ばされると思ったが、すぐに動画が流れ出した。ホテルの一室だろうか。照明が煌々《こうこう》と灯《とも》る明るい部屋が映っている。中央にベッドがあり、その前で男と女が抱き合っていた。

ふたりは頬を寄せ合っている。顔をはっきり確認できないのがもどかしい。男の方が積極的で、女の背中を強く抱いていた。

画面の右下には、今日の日付と時刻が表示されている。本当にライブ配信されているようだ。

（このふたり……）

羽田はソファの背もたれから体を起こした。

座り直してスマホの画面を凝視する。男は白の長袖Tシャツにチノパン、女は濃紺のスーツという格好だ。ふたりの姿に見覚えがあるが、まさかという思いが強かった。

「こ、困ります……」

女がとまどった様子でつぶやいた。

その声を耳にした瞬間、はっとする。しかし、聞き間違いかもしれない。真実を見きわめようと、画面を見つめつづけた。

女が男の胸板を両手でそっと押し返す。そして、頰がゆっくり離れたとき、ふたりの顔がはっきり見えた。

「お、おいっ」

思わず声をあげてしまう。

画面に映っているのは、梨奈と三田村に間違いない。信じられない光景だ。どうして、ふたりはホテルにいるのだろうか。しかも、三田村は梨奈を抱きしめている。今も両手が彼女の腰にまわされていた。

そのとき、三田村が梨奈の肩ごしにカメラをチラリと見やった。眼鏡のレンズの奥で、両目が怪しげな光を放っている。おそらく、三田村がカメラを仕掛けて隠し撮りしているのだろう。そして、そのことを梨奈は知らない。だから、こうして三田村に抱かれているのだ。

どうして、こんなことになっているのだろうか。そのとき、ふと脳裏に遠い記憶がよみがえった。

あれは三年前の春のことだ。

梨奈が新卒でフューチャーソフト社に入社してきた。スーツ姿も初々しく、まじめを絵に描いたようだった。うつむき加減で地味だったが、かえって擦れていない感じに好感が持てた。

今にして思えば、ひと目惚《ぼ》れだったのかもしれない。

だが、梨奈に惹《ひ》きつけられたのは羽田だけではなかった。三田村も彼女の虜《とりこ》になっていたのだ。

――梨奈さんのことが好きになった。

入社式の数日後、三田村に相談を受けたときは驚いた。

長いつき合いだが、恋愛の話をしたことはなかった。内心複雑に思いつつ、がんばれと言って彼の背中を押した。そして、三田村はデートに誘ったが、まだ職場に慣れていない梨奈は断ったらしい。

よほどショックだったのか、三田村は三日ほど会社を休んだ。四日目に出社したときは普段と変わらなかったが、梨奈の話はできなかった。

羽田と梨奈がつき合うことになったとき、三田村にどう報告するか悩んだ。結局、言い出せないうちに、会社で噂《うわさ》がひろまってしまった。三田村は無関心だったが、実際は嫉妬を燃えあがらせていたのではないか。

「梨奈さん、もうあいつのことは忘れたほうがいい」

スマホに映る三田村が語りかける。そして、梨奈の顎に指をかけた。

「で、でも……」

つぶやく梨奈の横顔は、ほんのり桜色に染まっている。

どうやら、酒を飲んでいるようだ。おそらく、三田村が落ちこんでいる梨奈を食事に誘ったのだろう。そして、相談に乗るふりをして酒を飲ませて、ホテルに連れこんだのかもしれない。

(あいつ、まさか……)

いやな予感がこみあげて、急速にひろがっていく。

三田村は梨奈に振られたのに、羽田は婚約して幸せの絶頂にいた。それがおもしろくなくて、梨奈を奪うことを計画したのではないか。三田村は彼女のことをあきらめきれていなかったのだ。

鬱々として嫉妬を募らせた挙げ句、羽田を破滅に追いこむことにした。そう考えると、すべての辻褄《つじつま》が合う気がした。

「羽田は、梨奈さんだけじゃなく、俺のことも裏切った。会社の金を横領してたんだ」

三田村の言葉はすべて嘘だった。

羽田は罠にはめられた。美智子に薬を盛られて身体の関係を持ち、横領の罪をかぶせられた。すべては三田村が仕組んだのだ。

だが、梨奈がそんなことを知るはずがない。三田村の言葉を信じて、悲しげな顔になってしまう。胸板を押し返していた両手から、力がすっと抜けていくのがわかった。

「ンっ……」

唇が重なり、梨奈が微かに鼻を鳴らす。

スマホの小さな画面のなかで、三田村と梨奈がキスをしている。唇がぴったり密着しているのが、はっきりわかった。

「や、やめろ……やめろぉっ」

思わず叫ぶが、その声がふたりに届くはずもない。羽田は奥歯をギリギリ食いしばりながら、画面をにらみつけるしかなかった。

4

「はンンっ……」

梨奈は眉を八の字に歪《ゆが》めて、困惑の表情を浮かべている。それでも、三田村を突き放すことなく、瑞々《みずみず》しい唇を与えていた。

顔を少し傾けて、そっと上向かせている。震える睫毛《まつげ》を伏せており、肩には力が入っていた。もしかしたら、胸に罪悪感がこみあげているのかもしれない。少なくとも、全面的に心を許している感じではなかった。

しかし、三田村は構うことなくキスを継続する。さらには舌を伸ばして、彼女の唇の狭間《はざま》に押しこんでいく。

「ダ、ダメです……ンンっ」

梨奈はかすれた声でつぶやくが、背中をしっかり抱かれているので身動きできない。そのまま唇を割られて、三田村の舌を受け入れてしまう。

口のなかを舐《な》めまわされているのか、湿った音がスマホのスピーカーから響いている。梨奈の眉がますます歪むが、三田村は唇を離そうとしない。やがて舌をからめとられたらしく、梨奈の身体がピクッと反応した。

「はむンンっ」

唇の隙間から漏れる声が、艶めいて聞こえるのは気のせいだろうか。

好きでもない相手にディープキスを強要されている。それなのに、梨奈の抵抗は弱い。それほどいやがっているようには見えず、されるがままに唇と舌を貪られていた。

（ウ、ウソだ……こんなこと……）

羽田は心のなかでつぶやき、スマホを強く握りしめる。

妄想であってほしいと願うが、スピーカーからは唾液をすすりあげる淫らな音が聞こえていた。

何度もキスしているので、梨奈の唾液の味を想像できる。甘くてとろみがあって、うっとりするような味わいだ。自分のものだけだったのに、今は三田村が嬉々《きき》としてすすりあげていた。

「俺がなんとかする。つらいときは、俺を頼ってほしい」

三田村がキスの合間にささやきかける。

普段は口数が少なく、決して饒舌《じょうぜつ》なタイプではない。その三田村が甘い台詞を口にしたことで、本気で落としにかかっているのが伝わってきた。

「で、でも――はンンっ」

梨奈のとまどいの声は、再びキスされたことで途切れてしまう。

今度はあっさり舌を入れられて、深い深いディープキスを交わしている。絶えず聞こえている、ピチャッ、クチュッという湿った音が、ふたりの気持ちの昂りを表しているようだった。

(三田村のやつ……)

怒りがこみあげるが、どうにもならない。

三田村は梨奈を奪おうとしている。心が弱っているところにつけこみ、羽田から寝取るつもりなのだ。

これがライブ映像だと思うと、よけいに焦燥感が募っていく。場所がわかればすぐに向かうが、どこなのか見当もつかない。羽田にできるのは、ただ見ていることだけだ。

(なんとかしないと……)

藁《わら》にも縋《すが》る思いで、固定電話の子機を持ってくる。

無駄かもしれないが、説得してみるつもりだ。梨奈を守るためなら、自ら会社を去っても構わない。梨奈を取り戻すことができるのなら、ほかにはなにもいらなかった。

子機から三田村のスマホに電話をかける。すると、スマホのスピーカーから着信音が聞こえてきた。

三田村はキスを中断して、チノパンのポケットからスマホを取り出す。ところが、画面を確認するだけで出ようとしない。それどころか、カメラをチラリと見やり、片頬に笑みを浮かべた。

羽田がライブ映像を見ていると確信したのだろう。結局、電話に出ることなく電源を落としてしまった。

「三田村っ」

怒りにまかせて思わず叫んだ。

説得どころか、電話にも出てくれない。話ができないのなら、羽田に打つ手はなかった。

画面のなかでは、三田村が梨奈のジャケットを脱がしにかかっている。梨奈は困惑の表情を浮かべているが、いやがる様子はない。身体から引き剝がされたジャケットは、ベッドの横にある椅子にかけられた。

さらに白いブラウスのボタンに、三田村の指がかかる。このままでは手遅れになってしまう。

(梨奈、頼む……)

羽田は祈るような気持ちで、梨奈のスマホに電話をかけた。しかし、ライブ映像からは着信音すら聞こえてこない。どうやら消音になっているらしい。完全に拒絶されている気がして悲しくなった。

ブラウスも脱がされて、純白のブラジャーが露《あらわ》になる。縁にレースがあしらわれたカップが、ほどよいサイズの乳房を覆っていた。

「やっぱり、ダメです」

梨奈が両腕で自分の身体を抱きしめる。

しかし、三田村はすぐさまスカートに手を伸ばした。ホックをはずしてファスナーをおろすと、あっさり引きさげてしまう。その勢いでストッキングも剝ぎ取り、純白のパンティが露出した。

「あぁっ……」

梨奈の唇から羞恥の声が溢れ出す。内股になって膝をぴったり寄せると、今にも泣き出しそうな顔で三田村を見つめた。

「こ、こういうことは……」

「大丈夫だよ。俺にまかせて」

三田村の目は興奮で血走っている。

鼻息を荒らげながら梨奈のブラジャーを奪い、さらにはパンティも引きおろしていく。両足の先から抜き取り、ついに彼女は一糸纏《まと》わぬ姿になった。

「そ、そんな……」

梨奈の声は弱々しい。

ふんわりとした乳房の先端では、淡いピンクの乳首が揺れている。全体的に細身で華奢《きゃしゃ》な印象だ。ところが、淑《しと》やかな顔に似合わず、股間には黒々とした陰毛が濃く生い茂っていた。

「み、見ないでください」

梨奈が首を左右に振り、右手で乳房を、左手で股間を覆い隠す。肩をすくめて背中をまるめると、まっ赤に染まった顔をうつむかせた。

（り、梨奈……）

羽田は思わず生唾を飲みこんだ。

これまで何度も見ているのに、映像だといっそう艶めかしく感じるのはなぜだろう。これから起こることへの懸念が、婚約者の裸体をより貴《とうと》いものに見せているのかもしれない。

「これからは俺が守るよ。俺は羽田とは違う。横領なんて絶対にしない」

三田村の口から信じられない言葉が語られる。

すべて仕組まれたことだが、梨奈は羽田が横領したと思いこんでいるのだ。三田村の言葉が引き金となり、彼女の双眸《そうぼう》から大粒の涙が溢れ出した。

（まさか、三田村が……）

羽田は奥歯が砕けそうなほど強く嚙《か》んだ。

これほどひどい裏切りがあるだろうか。親友だと思っていたのに、横領の罪をかぶせられた。そればかりか、婚約者まで寝取ろうとしている。羽田からすべてを奪うつもりに違いない。

三田村が眼鏡を取り去り、服を脱ぎ捨てて裸になる。股間からは黒々としたペニスがそそり勃《た》っていた。

（あ、あいつ……）

心のなかで吐き捨てると同時に顔をしかめる。

怒りと悲しみ、それに焦りがまざり合う。羽田が見ているのはリアルタイムの映像だ。梨奈を守りたくても、場所が特定できない以上、羽田にできることはなにもない。

「梨奈さん……」

三田村が梨奈の手を取り、ベッドに導いていく。彼女を仰向けに寝かせると、すぐ隣で横になった。

屹立《きつりつ》したペニスを腰のあたりに押しつける。そうしながら両手で乳房をこって揉《も》みあげた。柔らかさを堪能《たんのう》するように、双《ふた》つのふくらみに指先を沈みこませていく。

「はンっ、み、三田村さん……こ、これ以上は……」

梨奈が理性を振り絞るようにささやくが、三田村はやめようとしない。執拗《しつよう》に乳房を揉んでは、指先で乳輪の縁をそっとなぞる。それを何度もくり返すことにより、彼女の唇から吐息が溢れ出した。

「はぁっ……」

いつしか目の下が桜色に染まっている。男の指先が乳首を捕らえると、思わずといった感じで唇が半開きになった。

「あンっ」

ついに甘い声が溢れ出す。

それは羽田しか聞いたことのない声だった。これからも自分だけが聞ける声だと思っていた。それなのに、今は三田村の前で喘《あえ》いでいるのだ。

(どうして……どうしてだよ)

胸が思いきり締めつけられる。

少しでも抵抗してくれれば、羽田の心はいくらか救われた。しかし、梨奈は抗わないどころか、腰をもじもじよじらせている。三田村に愛撫《あいぶ》されて性感が蕩《とろ》けてきたのだろうか。

「うれしいよ。梨奈さんがこんなに感じてくれて」

三田村が彼女の顔を見おろして話しかける。人さし指と親指で転がされている乳首は、画面ごしでもわかるほど硬くなっていた。

「か、感じてなんて……」

「恥ずかしがらなくていいんだよ。俺がいやなことを忘れさせてあげる」

「あぁっ」

乳首が勃起したことで、なおさら敏感になっているのだろう。執拗に転がされて、梨奈が腰をよじらせる。

「そ、そこ、いやです」

口ではそう言っているが、まったくいやがっているように見えない。乳首はますますとがり勃ち、刺激されるたび女体がヒクヒク反応する。先ほどまで涙を流していたのに、瞳はしっとり潤んでいた。

「俺は絶対、梨奈さんのことを悲しませたりしないよ」

「そんなこと言われても……」

「こっちは、どうなってるのかな」

三田村の右手が乳房を離れて、スレンダーな女体の上を滑っていく。平らな腹を撫でると、生い茂った陰毛を弄び、指先が内腿《うちもも》のつけ根にあてがわれる。そして、隙間にじわじわと入りこんでいく。

「ま、待ってください……はンンッ」

女体がビクッと小さく跳ねる。

指先が敏感な箇所に到達したのは間違いない。おそらく、クリトリスだ。羽田は彼女の身体を知りつくしているだけに、なにをされているのか想像できてしまう。肉芽に触れると、いつも彼女は女体を跳ねあげるのだ。

「すごく濡れてるね」

三田村がささやき、湿った音が響きはじめる。股間に忍ばせた指を動かすことで、愛蜜が弾《はじ》けているらしい。

「あンっ……そ、そこはダメです」

梨奈が首を左右に振り、三田村の手首をつかんだ。

しかし、払いのけるわけでもなく、甘い声を振りまいている。梨奈が感じているのは間違いない。婚約者ではない男の愛撫で昂り、遠慮がちに腰をよじらせていた。

「そろそろだな」

三田村がつぶやき、梨奈の脚の間に腰を割りこませる。正常位の体勢になり、彼女の顔を見おろした。

「梨奈さん、大切にするよ」

「でも、わたしには――」

「もう羽田のことは忘れるんだ。あの動画を見ただろう。あいつはキミのことを裏切ったんだよ」

いつになく三田村が饒舌になっている。

梨奈の気持ちを自分に向けさせようと必死なのだろう。嘘を吹きこみ、彼女の心を揺さぶっている。そして、とどめとばかりに勃起したペニスで貫こうとしていた。

「や、やめろっ、やめてくれぇっ」

羽田はたまらずスマホに向かって絶叫する。

婚約者が自分以外の男とセックスするなど考えられない。悪い夢だと思いたいが、スマホに映っているのは紛れもない現実だ。

「あっ……」

亀頭の先端が陰唇に触れたらしい。梨奈のスレンダーな女体が、敏感にピクッと反応した。

「俺はずっとキミのことを見てたんだ。俺のことを信用してほしい」

「で、でも——ああッ」

梨奈はなにか言おうとするが、途中から喘ぎ声に変わってしまう。

ペニスを挿入されたのは間違いない。三田村が腰を押し進めて、さらに深くつながっていく。彼女の迷いを断ち切るように、黒光りする肉棒を一気に根元まで埋めこんだ。

「あああッ、い、いきなり、はああッ」

梨奈の唇から甲高い声が響き渡った。

画面ごしでも、三田村のペニスが羽田よりひとまわり大きいのがわかる。梨奈は羽田しか知らないのに、巨大なペニスを根元までぶちこまれたのだ。はじめての刺激に女体が驚いているのは間違いない。

「は、入った……全部、入ったよ」

三田村が興奮した声でつぶやき、上半身を伏せていく。梨奈の乳房に胸板を押し当てると、女体をしっかり抱きしめた。

「梨奈さんとひとつになれたなんて、俺、もう死んでも構わない」

「ああっ、三田村さん」

ふたりは熱く見つめ合っている。三田村が感激の気持ちを伝えれば、梨奈もまんざらではない様子で瞳を潤ませた。

やがて三田村が腰をゆっくり振りはじめる。とたんに結合部から湿った音が溢れ出す。愛蜜がたっぷり分泌されているに違いない。認めたくないが、梨奈は三田村のペニスで感じているのだ。

（やめろ……頼む……頼むから……）

羽田は心のなかで何度もくり返す。

しかし、悲痛な願いがふたりに届くことはない。今まさに、三田村と梨奈はどこかのホテルで抱き合い、深くつながっている。粘膜同士を擦り合わせて、甘美な刺激に酔いしれているのだ。

「ううッ、り、梨奈さん」

「あッ……あッ……」

三田村の呻き声と梨奈の喘ぎ声が交錯する。ペニスが出入りするたび、ふたりの呼吸が一致していく。仰向けになっている梨奈も、ピストンに合わせて腰をしゃくりはじめた。

「感じてくれてるんだね。うれしいよ」

「い、いけないのに……ああッ」

梨奈はとまどいの声を漏らしながらも、両手を三田村の背中にまわしこむ。さらには両脚も男の腰にからみつかせて、しっかり抱きついた。

端から見たら、まるで愛し合う者同士のセックスだ。三田村が強引に犯したのではなく、梨奈は完全に受け入れている。婚約者よりも巨大なペニスで貫かれて、甘い声を振りまいていた。

(そんな、ウソだろ……)

とてもではないが許容できない。羽田は画面のなかの婚約者を見つめて、思わず首を左右に振っていた。

だが、怒る権利がないのもわかっている。薬を盛られたとはいえ、美智子の誘いに乗ってしまったのは事実だ。欲望に流された自分を正当化する気はさらさらなかった。

(すまない、梨奈……俺が悪かった)

心のなかでくり返し謝罪する。

羽田が浮気をしている動画を見たとき、梨奈もこんな気持ちになったに違いない。彼女に与えたのと同じ苦しみを自分も味わっているのだ。だからこそ、喘ぎ悶《もだ》える梨奈から目をそらすことはできなかった。

「あッ……ああッ……み、三田村さんっ」

「ううッ、梨奈さんっ」

ふたりの快楽にまみれた声が聞こえてくる。

もう昇りつめることしか考えていないのだろう。三田村のピストンが速くなれば、梨奈も腰を淫らにしゃくりあげる。息の合ったところを見せつけられて、羽田は孤独感に苛《さいな》まれた。

（梨奈……梨奈……）

心のなかで呼びかけるほどに虚《むな》しくなる。

それでも、目をそむけたくなるのを懸命にこらえて、腰を振り合う三田村と梨奈の姿を凝視した。

「くううッ、き、気持ちいいっ」

「ああッ、わ、わたしも……あああッ、わたしも気持ちいいですっ」

梨奈が三田村の体にしがみつく。

激しさを増していくピストンに身をゆだねている。悲しみを忘れたくて、一時の快楽に溺れているのだろう。すでに理性が崩壊している。長大なペニスで突かれるたび、羽田が聞いたことのない喘ぎ声を響かせた。

「も、もう出るっ、おおおッ、くおおおおおおおッ！」

三田村が野太い声で呻き、女体を強く抱きしめる。掘削機《くっさくき》のように肉柱をたたきこみ、唐突に全身を震わせた。剝《む》き出しの尻に力が入っている。彼女の奥深くで射精したのは間違いない。

「はああッ、ダ、ダメですっ、あああああッ、はあああああああッ！」

梨奈の唇から悲鳴にも似たよがり泣きがほとばしる。三田村の背中に爪を立てて、女体を大きく仰《の》け反《ぞ》らせた。

まるで感電したように全身が痙攣《けいれん》している。膣《ちつ》の奥で精液を受けとめて、絶頂に昇りつめたらしい。股間を突きあげた状態で固まっているのは、ペニスを締めつけているからだろう。

（そ、そんな……梨奈……）

絶望感が胸に押し寄せて、がっくりとうな垂れた。

梨奈が遠くに行ってしまったことを実感する。婚約者が自分以外の男に抱かれて、喘ぎ悶える姿を目にしたのだ。羽田の心は二度と立ち直れないほど、完膚なきまでにたたきのめされた。

「梨奈さん、大切にするよ」

スピーカーから三田村の声が聞こえてくる。

梨奈は答える代わりに、睫毛をそっと伏せていく。やがて、ふたりは熱い口づけを交わした。

そのとき、三田村がカメラをチラリと見やった。ほんの一瞬だったが、まるで勝ち誇ったように不敵な笑みを浮かべた。

羽田はスマホの画面をぼんやり見つめている。

心は空っぽになっている。どこかが壊れてしまったのかもしれない。なんの感情も湧かないが、気づくと涙が頬を伝い流れていた。

第三章　絶望のなかで

1

窓から差しこむ月明かりが、部屋のなかを青白く照らしていた。

時刻は深夜一時をまわっている。

羽田はソファに腰かけたまま、身動きできなかった。魂が抜けたようになっており、なにも考えられない状態になっていた。

ライブ映像はとっくに終わっている。

今ごろ、三田村と梨奈はなにをしているのだろう。ふたりで仲よくシャワーを浴びているのか、それとも心地《ここち》よい眠りについているのか。いずれにせよ、羽田の手の届かないところにいるのは確かだった。

（もう……）

人生を終わらせたい。この苦しみから逃れたい。

ふと窓を見やる。ここは五階だ。ベランダから飛び降りれば、悪夢を終わらせることができるだろう。

そのとき、スマホの着信音が鳴り響いた。

画面を確認すると、そこには「三田村」と表示されていた。

いったい、どういうつもりで電話をかけてきたのだろう。落ちこんでいる羽田を嘲笑うつもりかもしれない。

（笑いたければ笑えばいいさ……）

投げやりな気分で通話ボタンをスライドさせた。

「見てたか」

いきなり、三田村が語りかけてくる。てっきり浮かれていると思ったが、意外にも声は硬かった。

「横領した金を返せば、警察には訴えない。明日までに金を用意するんだ」

「本気なのか……」

羽田はようやく言葉を絞り出す。

もう、とっくに感情は死んだと思っていた。ところが、三田村の声を聞いたとたん、胸の奥でなにかが燻《くすぶ》りはじめた。

「二千万だ」

「俺に横領の罪をかぶせるのか。偽の裏帳簿まで作って……」

裏帳簿があるということは、実際に会社の口座から二千万円が消えていなければならない。その金は、三田村の手に渡ったと思って間違いなかった。

「金を用意しないと、俺と梨奈さんがセックスしている動画をネットでばらまくぞ」

三田村が卑劣な脅し文句を口にする。

一瞬、自分の耳を疑った。まさか、最初からそのつもりで梨奈をホテルに連れこんだのだろうか。

「まさか、本気じゃないよな」

「うるさいっ、俺は本気だ」

「どうして、そこまで……おまえ、そんなやつじゃなかっただろ」

信じられない気持ちで問いかけた。

警察に訴えたところで、動画をインターネットでばらまかれたら、あっという間に拡散してしまう。消去するのはまず不可能だ。そんなことになれば、気の弱い梨奈が耐えられるはずがない。

「梨奈は……梨奈はどこにいるんだ」

「隣で寝てるよ」

三田村の言葉で、先ほどの映像が脳裏によみがえる。

羽田以外のペニスで喘《あえ》ぎ悶《もだ》えたすえに昇りつめたのだ。悲しみから逃れるためとはいえ、見るに堪《た》えない淫らな姿だった。おそらく、梨奈は疲れきって眠ってしまったのだろう。

「み、三田村、おまえ……」

胸の奥で怒りの炎がふつふつと燃えあがる。

金だけではなく、婚約者まで寝取られてしまった。まだ自分のなかに、これほど激しい感情が残っていたことに驚かされた。

「二千万だ……」

三田村の声は憎らしいほど冷静だ。

金のことしか頭にないらしい。こんな恐ろしい男だとは思いもしなかった。三田村は二千万円を横領しておきながら、さらに羽田から二千万円を脅し取ろうとしているのだ。

「期限は明日だ。出社はするな。こっちから受け取りに行くから自宅で待っていてくれ。夕方になると思う」

「簡単に言うなよ。そんな大金、あるはずないだろう」

貯金を全額おろしても到底足りない。だが、金を用意しなければ、梨奈は破滅してしまう。借金をしてかき集めるにしても時間がなかった。

「明日までなんて、いくらなんでも無理だ」

「なんとかしろ」

三田村はいっさい引く気がないらしい。口調は相変わらず淡々としている。常に冷静なところが、無性に腹立たしかった。

「本気で梨奈がどうなってもいいと思ってるのか。おまえだって、好きだったんじゃないのか」

怒りを抑えられずに言い放つ。すると、三田村は急に黙りこんだ。もしかしたら、良心が咎《とが》めているのだろうか。

「どうして、こんなことするんだよ。俺のことは憎んだっていい。でも、梨奈を悲しませないでくれ」

なんとか情に訴えようとする。もう、羽田にできることは、それくらいしかなかった。

「とりあえず、明日はあるだけでもいいから用意してくれ。三日だけ待つ。残りはそのときでいいから」

再び三田村が口を開くが、先ほどまでとは雰囲気が違っている。はじめて感情が揺らいだ気がした。

「明日の夕方だ」

「お、おい……」

慌てて声をかけるが、三田村は一方的に電話を切ってしまった。

（あいつ……）

羽田はスマホを握りしめたまま呆然《ぼうぜん》としていた。

いったい、なにがあったというのだろう。羽田の知っている三田村とはまるで別人だった。人づき合いは苦手だったが、決して悪人ではない。三度の飯よりパソコンが好きで、金に執着するような男ではなかった。

とにかく、なんとかしなければならない。

三田村は本気だ。明日はかき集めた金で許されても、最終的には二千万円を要求されるだろう。いや、それだけではすまないかもしれない。会社と梨奈だけではなく、羽田からすべてを根こそぎ奪うつもりだ。

（どうすれば……）

薄暗い部屋のなかで頭を抱えこむ。

警察に訴えても、裏帳簿が三田村のねつ造だとは見抜けない。それに、梨奈の動画をインターネットで流されたら、彼女の人生は終わってしまう。

八方ふさがりの状況だ。周到な罠《わな》にはまり、もはや自力では抜け出せなくなっていた。

（金を取られるくらいなら……）

定期預金を解約すれば、一千万円くらいにはなるはずだ。

このまま泣き寝入りするのは悔しすぎる。なにか手はないだろうか。

投げ出してあったバッグからノートパソコンを取り出すと電源を入れた。画面が明るくなり、部屋のなかをぼんやり照らし出す。ブラウザを立ちあげると、検索画面で「仕返し」「恨み」「代行」「依頼」など、思いつく限りのワードを次々と打ちこんでいく。

そうやって検索をくり返しているうち、やがて「復讐《ふくしゅう》代行屋」という言葉に行きついた。

（これだ……）

一か八か賭けてみる価値があるかもしれない。

もちろん、復讐代行屋などまともな仕事ではない。いわゆる、裏稼業というやつだ。やっているのは、きっとろくな人間ではないだろう。それでも、ただ金を取られるくらいなら、最後に賭けてみたかった。

画面には復讐代行屋の検索結果が表示されている。思った以上にたくさんあるが、どれも胡散《うさん》くさく見えてしまう。

（でも、どうせ破滅するなら……）

適当にクリックしているうちに、とある掲示板にたどり着いた。

ここに依頼内容とこちらのメールアドレスを書きこみ、あとはひたすら待つのだという。復讐代行屋がそれを見て、仕事を受けてくれる場合のみ連絡があるらしい。

それはつまり、依頼内容を不特定多数の人間に見られることになる。そんな馬鹿な依頼方法があるだろうか。

（こんなの、危なくて頼めないだろ）

別のページに移動しようとするが、寸前で踏みとどまった。

考えてみれば、復讐代行屋がホームページを開設しているわけがない。本物なら用心深くなって当然だろう。

とりあえず、書きこむことにする。

だが、個人を特定されないように依頼するのはむずかしい。あまりぼかすと、ひやかしだと思われそうだ。書いては消すことをくり返し、なんとか依頼内容を整理して書きこんだ。

『都内在住で、ある会社の代表取締役をしている者です。仲間に裏切られて、女を使った罠にはまりました。薬を使った色仕掛けで弱みを握られています。会社を乗っ取られて、婚約者も奪われそうです。助けてください』

フリーメールのアドレスを貼りつけて、コメントをアップする。

しかし、本当に復讐代行屋がこれを見るのかわからない。あまり期待せず、連絡を待つことにした。

ほかの復讐代行屋を検索しつつ、ときおりメールチェックをする。しかし、なかなか連絡は来ない。だからといって、信用できそうな復讐代行屋も見つからなかった。

気づくと三十分が経《た》っていた。もう一度、メールチェックをして駄目なら、別口を当たるつもりだ。

（おっ、これは……）

メールの着信があった。相手もフリーメールだ。もしやと思いながら開いてみると、短い文章が綴《つづ》られていた。

『今すぐ、ひとりで来い』

その下に住所だけが書いてある。

名乗るどころか、どこにも復讐代行屋と書いていない。ただのいたずらメールだとしても、確かめようがなかった。

（メチャクチャだな……）

乱暴な感じが気になったが、こんなものかもしれない。復讐代行屋など、やばいやつに決まっていた。

時刻は深夜二時になろうとしている。

不安になるが、どうせこのままではすべてを失うのだ。金品を奪われたとしても、今さら痛くも痒《かゆ》くもなかった。

それほど酔っているつもりはないが、ウイスキーをかなり飲んでいる。車を運転して事故を起こしたら、依頼どころではなくなってしまう。ネクタイを締めてジャケットを羽織ると、マンションをあとにした。

2

通りに出てタクシーを捕まえる。運転手に行き先の住所を告げると、スマホで先ほどの掲示板を過去に遡ってチェックした。

ひとりで暴力団の事務所をつぶしたとか、半グレ集団とやり合ったとか、さまざまな情報が出てくるが、どれも噂《うわさ》の域を出ていない。なんの根拠もないのだから信用できなかった。

さらには「伝説の復讐代行屋」という書きこみを見つけて、思わずため息が漏れてしまう。おそらく自作自演だろう。宣伝のために復讐代行屋本人が書きこんだのではないか。

（ハズレを引いたかもしれないな……）

そんなことを考えていると、タクシーが速度を落とすのがわかった。

「お客さん、そろそろ目的地ですけど……」

運転手が遠慮がちに話しかけてくる。そして、バックミラーごしに怪訝な目を向けてきた。

窓の外を見ると、いつの間にか港の倉庫街を走っていた。

あたりは街路灯のオレンジがかった光で照らされているが、ほかに走っている車は見当たらない。スマホの地図アプリで確認すると、目的地のすぐ近くまで来ていた。

「あっ、ここでいいです」

羽田は慌てて運転手に声をかける。

メールに、ひとりで来いと書いてあったのを思い出した。裏の仕事を依頼するのだから、秘密厳守は当然のことだろう。待ち合い場所にタクシーで乗りつけるのはまずい気がした。

「こんなところで降りるんですか」

運転手が驚いた様子で尋ねてくる。それでも減速して、タクシーを路肩に停車させた。

「倉庫で働いてるんです」

適当に答えるが、運転手は納得していない様子だ。

クレジットカードを出そうとして、寸前で思いとどまる。記録を残すのはまずいかもしれない。車内にはカメラがついているので撮られているが、それでも用心するに越したことはないだろう。

現金で支払いをすませると、タクシーから降りた。

タクシーが走り去るのを待ち、スマホの地図アプリを頼りに歩き出す。街路灯のおかげで明るいが、歩いている人などひとりもいない。真夜中の倉庫街は、怖いくらい静まり返っていた。

緩やかに吹き抜ける風が潮の香りを運んでくる。周囲にあるのは、巨大な倉庫と積みあげられたコンテナだけだ。

角を曲がり、目的地に到着する。ほかと代わり映えのしない倉庫が建っているが、国道からは陰になっていた。

（ここだな……）

羽田は恐るおそる倉庫に歩み寄った。

鉄製の巨大な引き戸があるが、鍵がかかっているためびくともしない。到着したことをメールで伝えたほうがいいだろうか。ポケットからスマホを取り出したとき、遠くで大きな音がした。

思わず肩がビクッと震えてしまう。どうやら、エンジンの音らしい。慌てて周囲を見まわすが、建ち並ぶ倉庫に音が反響して、どこから聞こえてくるのかわからなかった。

それでもエンジン音が近づいてくるのはわかる。無意識のうちに身構えると同時に、角から黒いオートバイが現れた。

１０００ｃｃはありそうな大型のオートバイだ。

カウルで覆われており、ガソリンタンクには「Ｋａｗａｓａｋｉ」のロゴが輝いている。またがっている人物は黒いフルフェイスのヘルメットをかぶり、黒革のライダースーツに身を包んでいた。

重い鼓動を響かせながら、オートバイは羽田の目の前で停《と》まった。

ライダーはサイドスタンドを立ててエンジンを切り、ヘルメットのスモークシールドごしに見つめてくる。

（こ、こいつだ……）

羽田は瞬間的に確信した。

この黒ずくめのライダーが復讐代行屋に間違いない。ただ見られているだけなのに、凄《すさ》まじい威圧感だ。思わずよろよろとあとずさりして、背中が倉庫の引き戸にぶつかった。

これが裏稼業の人間の迫力なのだろう。まだ言葉も交わしていないのに、羽田は逃げ出したいほどの恐怖に駆られていた。

復讐代行屋はオートバイにまたがったまま、口を開こうとしない。まるで値踏みするように見つめてくる。とはいっても、スモークシールドごしなので、こちらからはいっさい顔が確認できなかった。

羽田が話すのを待っているのだろうか。もしかしたら、警戒されているのかもしれない。

「あ、あの……お、お仕事を依頼した者です」

恐ろしかったが、思いきって話しかける。

まずは素性を明かして、一連の出来事をできるだけ詳細に説明した。薬を盛られて浮気をするように仕向けられたこと、その動画を会社に送りつけられたこと、横領の疑いをかけられたこと、婚約者を寝取られたこと。話しているうちに悔しさがこみあげる。感情が昂《たかぶ》り、危うく涙ぐみそうになった。

必死に説明したことで、警戒心を解いてくれたのかもしれない。復讐代行屋はようやくオートバイから降り立った。

（えっ……）

その瞬間、違和感がこみあげる。

オートバイにまたがっているときから、ずいぶん華奢《きゃしゃ》な男だと思っていた。勝手にごつい男を想像していたので意外だった。だが、そもそも根底から間違っていたことに気がついた。

（お、女……）

目の前に立っているのは間違いなく女性だ。

黒革のライダースーツが身体《からだ》にぴったりフィットしているため、魅惑的な曲線がはっきり浮き出ている。乳房のふくらみは大きく、腰は細く締まり、尻には適度な脂が乗っていた。

黒革のグローブをはずすと、白くてなめらかな手が現れる。ほっそりした指で顎紐《あごひも》を解いてヘルメットを取り去れば、艶やかなストレートロングの黒髪がはらりと宙に舞った。

「話を聞かせてもらうわ」

彼女はヘルメットをオートバイのミラーにかけると、切れ長の涼しげな瞳で見つめてくる。

年はまだ二十代ではないか。まるで彫刻のように整った美貌の持ち主だ。素顔を目の当たりにすると、とても裏稼業の人間とは思えない。先ほどの威圧感は気のせいだったのだろうか。

「ちょ、ちょっと、待ってください。あなたが――」

「時間を無駄にしたくないの」

彼女は羽田の言葉を遮り、復讐代行屋の矢島香澄《やじまかすみ》と名乗った。年齢は二十九歳だという。女だということにも驚かされたが、自分よりも年下だと聞いて不安になってきた。

「暴力団の事務所をつぶしたって本当ですか」

ネットの情報によると、関東を牛耳る柳田《やなぎだ》組の傘下にある黒岩《くろいわ》興業が、何者かの手によって壊滅状態に追いこまれたらしい。それをやったのが、伝説の復讐代行屋だという。

「それに、半グレ集団が入り浸っていたバーが襲撃されたって……」

先月、柳田組に迫る勢いの半グレ集団、ブラックスコーピオンのメンバーが半殺しの状態で発見されていた。

「リーダー格の男が、行方不明だとか……まさか、あなたが……」

羽田はあらためて彼女の全身に視線を走らせる。

日本人離れした抜群のプロポーションだ。モデルかと見紛《みまが》うほどで、男とやりあって勝てると思えない。それとも、拳銃やナイフでも使うのだろうか。それなら話はまったく違ってくる。

「あの男なら永遠に見つからないでしょうね。産廃処理施設で跡形もなくなったはずだから」

まるで天気の話でもするように、香澄はいっさい表情を変えることなくつぶやいた。

（ほ、本物だ……）

直感的にそう思った。

理屈ではない。彼女が放つ言葉の端々、黒髪をかきあげる所作のひとつひとつから、普通の人間とは異なる危険な匂いが漂ってきた。

「なにか、ご不満かしら」

香澄がライダースーツの腰に手を当てて、顎をツンと持ちあげる。切れ長の瞳が鋭い刃物のようにキラリと光った。

「い、いえ……」

羽田は慌てて首を左右に振っていた。

口調こそ穏やかだが、瞳の奥には青白い炎が見え隠れしている。美貌に惑わされたが、香澄は裏稼業の人間だ。おそらく、数多くの修羅場を潜《くぐ》ってきたのだろう。まるで獣のような空気を全身に纏《まと》っていた。

「会社に送りつけられた動画はないの」

「それが、俺は持ってないんです」

「仕方ないわね。その女のこと、詳しく聞かせてもらえるかしら」

香澄が質問してくる。

羽田はあの夜のことを懸命に思い出して、できるだけ丁寧に説明した。今にして思えば「里見美智子」と名乗る女がすべてのはじまりだった。

「それで、あなたはどうしたいの」

そう言われてはっとする。怒りにまかせて復讐代行屋に依頼したが、自分がなにをしたいのか具体的には考えていなかった。

今さら会社に戻れるだろうか。社員たちの信用をすっかり失ってしまった。梨奈を取り返すこともむずかしい気がする。だからといって、泣き寝入りだけはしたくない。

「三田村に復讐したい」

その一点につきる。なにより、自分を裏切った三田村が許せなかった。

「いいわ。引き受けてあげる」

香澄はあっさりつぶやいた。

「ま、待ってください」

ふといやな予感がこみあげる。

どう見ても彼女は普通の人間ではない。まるで虫けらのように、三田村を殺すのではないか。

「は、破滅させるだけでいいんです」

彼女の鋭利な瞳を見ていると、いとも簡単に喉笛をかき切る気がして恐ろしくなった。

「殺しはやらない主義よ」

香澄の言葉を聞いて、ほっと胸を撫《な》でおろす。しかし、安堵《あんど》したのは一瞬だけだった。

「直接、手はくださない。ただし結果として人が亡くなることはあるわ」

香澄は眉ひとつ動かさず、恐ろしいことを口走る。

詳しいことはわからないし、知りたくもない。ただ、彼女が死と隣り合わせの世界にいるのは確かだ。

「報酬は二千万、半分は前金でもらうわ」

「に、二千……ですか」

羽田は思わずくり返した。

額には汗がじんわり滲《にじ》んでいる。ある程度は覚悟していたが、想像していた以上に高い。三田村が要求してきたのと同額だ。しかし、彼女ならやってくれる気がした。

できることなら、梨奈を取り返したい。

だが、彼女の心は完全に離れている。さすがにそんな虫のいいことは口にできなかった。

3

ほとんど眠ることができないまま朝を迎えた。

帰宅したのは空が白みはじめたころだった。ワイシャツ姿のままソファで横になり、二時間ほどうとうとしただけだ。

窓から眩《まばゆ》い光が差しこんでいる。

テーブルには空になったウイスキーのボトルが転がっており、その横にノートパソコンとスマホが置いてあった。体を起こしてメールをチェックするが、誰からも着信はない。

今ごろ梨奈はどうしているのだろう。

まだ三田村の横で眠っているのか、それとも起きがけに再び抱かれているのかもしれない。

「クソッ……」

思わず声に出して吐き捨てた。

やはり、泣き寝入りしないで正解だった。昨夜、復讐代行屋にコンタクトを取り、港の倉庫街で落ち合った。女だったのは意外だったが、尋常ではない雰囲気を纏っていた。

（あの人なら……）

賭けてみる価値はあるかもしれないと思った。

報酬は高額だが、それでも三田村にくれてやるよりはましだ。どうせ失うものはなにもない。梨奈の動画をにぎられていることだけは不安だが、香澄に一縷《いちる》の望みを託すことにした。

昨夜、香澄がオートバイで立ち去ったあと、羽田は倉庫街から徒歩で国道まで戻り、そこでタクシーを拾った。

前金は今日、渡すことになっている。

支払い方法は現金のみだという。振込は記録が残るし、ATMにはカメラが設置されている。受け渡し方法はあとで連絡するので、金を用意して自宅で待機するように言われていた。

とにかく、金をかき集めなければならない。銀行を何軒かまわり、定期預金を解約する必要があった。

時刻は午前八時をすぎたところだ。

体中が汗でベタベタしている。酒臭いのも気になった。急いでシャワーを浴びて身なりを整えると、マンションをあとにした。

帰宅したのは午後三時前だった。

思いのほか時間がかかったが、きっちり一千万円用意できた。しかし、これは前金だ。復讐が成功すれば、さらに一千万円を作らなければならない。そのときは、このマンションを売り払うつもりだ。

三田村に復讐できるのなら、マンションなど惜しくない。すべてを投げ出しても恨みを晴らしたかった。

札束が入った黒い革のバッグをソファに置き、羽田はその隣に腰かけた。

（よし……）

あとは香澄から連絡があるのを待つだけだ。

彼女がここに現れるのか、それとも羽田がどこかに運ぶのか。とにかく、金の受け渡しがすめば、契約が成立したことになる。そこから三田村への復讐がはじまるのだ。

（どうして、こんなことになったんだ……）

ソファの背もたれに寄りかかり、一連の出来事を思い返す。

青天の霹靂《へきれき》とはこのことだ。会社は順調に業績を伸ばしており、梨奈という婚約者もいた。まさに幸せの絶頂を迎えていたのに、突然、奈落の底に突き落とされたのだ。

まさか、三田村に嫉妬されていたとは思いもしない。なにしろ、羽田の方が彼のプログラマーとしての才能に嫉妬していたのだ。三田村を認めたからこそ、自分は苦手な営業に徹してきた。

(それなのに……)

いったん考えることをやめて、首を左右に振った。

時間を遡ることはできない。どんなに思い悩んだところで、起きてしまったことは変えられないのだ。いくら考えても仕方のないことだった。

急に眠気が襲ってきた。

昨日は予想外のことが起きたうえ、明け方に少しうとうとしただけだ。さすがに疲労が蓄積しており、気づくと瞼《まぶた》が重くなっていた。

香澄から連絡があれば、また忙しくなるかもしれない。今のうちに休んでおいたほうがいいだろう。一千万が入ったバッグを胸に抱えて目をそっと閉じる。すると、あっという間に眠りに落ちていった。

なにかが動く気配がした。

意識が徐々にはっきりしてくる。まだ寝ぼけているが、胸に抱えているバッグを引っ張られているとわかった。

（だ、誰だ……）

重い瞼を持ちあげる。すると、目の前に見覚えのある女の顔があった。

「み、美智子さんっ」

思わず大きな声をあげてしまう。

状況が呑《の》みこめない。なぜ、彼女が自分の部屋にいるのか、まったくわからない。すでに日が傾き、窓の外はオレンジ色に染まっていた。

「ど、どこから入ったんですか」

このマンションはオートロックになっている。もちろん、部屋の鍵もしっかりかけてあった。ここは五階なので窓から侵入するのは不可能だ。

「正面から普通に入ってきたわよ。オートロックは住民といっしょに通過して、部屋のシリンダー錠は三十秒もあれば開けられるわ」

美智子は悪びれた様子もなくつぶやいた。

そして、友人の家に遊びに来たように、ベージュのトレンチコートを脱ぎはじめる。すると、目にも鮮やかな真紅のタイトなワンピースが現れた。ノースリーブで白い肩が露《あらわ》になっており、胸もともざっくり開いている。裾からは、透け感のある黒いストッキングに包まれた太腿《ふともも》が大胆に露出していた。

「な、なにやってるんですか」

バッグを引き寄せて、しっかり胸に抱えこむ。なにしろ、一千万円が入っているのだ。絶対に渡すわけにはいかなかった。

「なにって、決まってるじゃない。お金を受け取りに来たのよ」

美智子の顔には笑みが浮かんでいる。前回とは異なり、どこか見下したような目つきになっていた。

「そ、そうか、三田村の使いで来たんですね」

少しずつわかってきた気がする。

彼女は三田村に雇われて、羽田のことを誘惑した。そして、セックスしている姿を盗撮したのだ。それなら、今もまだ雇われていても不思議ではない。三田村は自分の手を汚さないつもりなのだろう。

「半分は当たってるわね」

美智子は楽しげに見おろしてくる。人の家に侵入しておきながら、余裕たっぷりの表情を浮かべていた。

「な、何者なんですか」

恐ろしくなって声が震えてしまう。

フリーの経営コンサルタントと紹介されたが、名刺は偽物だった。里見美智子という名前も嘘《うそ》だろう。

「本当に知りたいなら、教えてあげてもいいけど……」

美智子は乳房の谷間から、なにかを取り出した。

折りたたみ式の小型ナイフだ。柄の部分が透明な樹脂製で、なかに色とりどりの花びらが埋めこんであった。

「これ、お気に入りなの。お洒落《しゃれ》でしょう。でも、切れ味は抜群なのよ」

まるで見せつけるように刃を出すと、指先でそっとなぞる。

研ぎ澄まされたナイフが凶悪な光を放つ。しかし、それ以上に彼女の目が据わっているのが恐ろしかった。

「わたしのことを知ったら、あなたを殺さないといけなくなるわよ」

冗談を言っている雰囲気ではない。彼女なら躊躇《ちゅうちょ》なくナイフを突き立てる気がした。

「や、やっぱり、いいです」

羽田は慌ててつぶやくが、美智子は言葉をかぶせるように話しつづける。

「雪見《ゆきみ》アスカ、それがわたしの本当の名前よ」

聞いてしまった。

その瞬間、彼女の瞳がいっそう妖しげな光を放ち、羽田は身の危険が迫っていることを悟った。

「なんとなくわかってると思うけど、人には言えない仕事をやってるの」

「い、言いません……ぜ、絶対、誰にも……」

声が情けないほど震えてしまう。

彼女の本当の仕事など知りたくない。逃げ出したくても、膝がカタカタ震えている。立ちあがることもできず、ただバッグを強く抱きしめていた。

「お金だけいただいて帰ろうと思ってたんだけど、あなたが起きたからいけないのよ」

アスカは右手に握ったナイフを見せつけながら、左手を伸ばしてくる。

「二千万円、そこに入ってるんでしょう」

「い、一千万だけです」

彼女を怒らせたくなくて正直に答えた。

「どういうこと。二千万の約束でしょ」

アスカが身をぐっと乗り出してくる。ナイフを頬に当てられて、ひんやりとした感触がひろがった。

「ひっ……」

自分の喉からおかしな声が漏れる。心臓がすくみあがり、目を大きく見開いて固まった。

「本当のことを言わないと、口が耳まで裂けるわよ」

アスカがまっすぐ見つめてくる。笑みが消えており、訝《いぶか》るような目つきになっていた。

「あ、あるだけでいいって……み、三田村が……」

羽田はとっさに口走った。

嘘ではない。三田村は確かにあるだけでいいと言った。しかし、この一千万は香澄に支払う前金だ。三田村に渡すために用意した金ではなかった。

「の、残りは、三日後って……」

「あの男が言ったのね」

アスカは真偽を確かめるように見つめてくる。

鼻が触れそうなほど顔が近づいていた。目をそらしたらナイフで刺されるのではないか。そう思うと、恐怖で身動きができなくなる。彼女はしばらく見つめていたが、やがて顔をすっと離した。

「あなたが死んだら、残りを回収できないじゃない」

バッグを奪うと、アスカはつまらなそうに吐き捨てる。そして、ワイシャツの胸ぐらをつかみ、羽田をソファから床に引きずりおろした。

「うっ……」

思わず呻《うめ》き声が漏れてしまう。ぶ厚い絨毯《じゅうたん》が敷いてあるが、肩から落ちて痛みが走った。

「仕方ないわね。生かしておく代わりに、二度と逆らう気が起きないようにしてあげる」

アスカは右手にナイフを構えたまま、紅《あか》い舌先で唇をペロリと舐《な》める。見おろしてくる瞳は、ギラギラと異様な光を放っていた。

4

「テーブルを端に寄せなさい」

アスカの手にはナイフがあるので従うしかない。テーブルを部屋の隅に押しやると、再び仰向《あおむ》けになるように指示された。

すると、アスカは脱ぎ捨ててあったトレンチコートを拾いあげる、ポケットから銀色に輝く物を取り出して、羽田に向かって放り投げた。

（こ、これは……）

手錠だった。

どうして、こんな物を持っているのだろう。疑問が湧くが、尋ねることなどできるはずがない。よけいなことを言って機嫌を損ねたら、いつナイフで切りつけてくるかわからなかった。

「本物じゃないわよ。それはプレイ用のオモチャ」

疑問に答えるようにアスカが語りかけてくる。しかし、そんな物を普段から持ち歩いている理由がわからなかった。

「テーブルの脚に鎖をまわして、自分の手首にはめるのよ」

アスカは細かく指示を出してくる。

とにかく、怒らせたくない。羽田は言われるまま、テーブルの脚に手錠の鎖をまわすと、自分の左右の手首にしっかりはめた。床で仰向けになり、両腕を頭上に伸ばした格好だ。

腕をそっと引くと、手錠の鎖がジャラッと不快な音を響かせた。テーブルの脚にぶつかり、それ以上は動かせない。

（これで、もう……）

どうやっても逃げられなくなった。

彼女がその気になれば、いとも簡単に命を奪われてしまう。そう思うと、新たな恐怖が胸のうちにひろがっていく。

「楽しいこと、したいでしょう」

アスカがゆっくり歩み寄ってくる。

「この間も、ふたりでずいぶん燃えあがったわよね」

口調がねっとりしたものに変わっていた。

彼女が顔の近くに立ったことで、ワンピースの裾から奥が見えてしまう。ストッキングはガーターベルトで吊《つ》るタイプだ。むちっとした太腿が生々しくて、気づくと凝視していた。

アスカが「ふふっ」と笑ったことで、はっと我に返る。慌てて顔をそむけるが、黒いパンティは網膜にしっかり焼きついていた。

「見てもいいのよ」

そう言われても、恐ろしくて見ることができない。すると、アスカは顔をまたいで立ち、腰をゆっくり落としてきた。

（な、なにを……）

視界の端に、彼女の股間が近づいてくるのが見える。黒いパンティがどんどん迫ってくるのだ。

「見たいんでしょう。ほら、顔を上に向けなさい」

目の前でナイフをちらつかされて、仕方なく真上を見あげる。その直後、アスカは完全にしゃがみこみ、パンティに包まれた股間が顔面に密着した。

「ううっ……」

鼻と口がふさがれてしまう。息苦しくなって思わず呻くと、アスカがギラつく瞳で見おろしてきた。

「この前はたっぷりしゃぶってあげたでしょう。今日はあなたに奉仕してもらうわよ」

腰をグリグリまわして、股間で顔面を圧迫してくる。羽田は息苦しさに耐えられず、顔を左右に振って逃れようとした。

「うぐッ……うぐぐッ」

「あンっ、いいわ。もっと動いて」

アスカが甘い声を漏らしはじめる。

羽田の鼻と口が、感じる場所に当たっているらしい。とにかく、空気を求めて顔を振る。すると、アスカは股間をさらに強く押しつけた。

「その調子よ。ああンっ、もっと強く」

パンティの船底には、早くも愛蜜の染みがひろがっている。濡《ぬ》れたパンティが鼻と口にぴったり貼りついた。

（く、苦しい……）

両腕の自由を奪われているので押し返せない。羽田にできるのは、両足をばたつかせることだけだ。

「うむッ」

チーズに似た香りが漂ってくるが、今は苦しくてそれどころではない。どんなに顔を振っても、空気を吸うことができなかった。

（も、もうダメだ……）

どんなに暴れても逃れられない。手錠の鎖がジャラジャラ鳴るだけだ。もう気を失うと思ったとき、アスカが腰をすっとあげた。

「直接、舐めて」

パンティの船底を脇にずらして、自ら股間を剝《む》き出しにする。紅色の女陰は愛蜜で濡れ光り、濃厚な牝《めす》の匂いを放っていた。

「思い出すでしょう。ここに挿《い》れたのよ」

再び股間が接近してくる。触れる瞬間、羽田は顔を少しだけ上向かせて、鼻がふさがるのをなんとか防いだ。

「んんっ……」

口に女陰が密着するが、これなら窒息することはない。鼻で息ができるので、先ほどよりも格段に楽だった。

「舐めるのよ」

アスカの右手にはナイフが握られたままだ。羽田は舌を伸ばして、女陰をヌルリッと舐めあげた。

「ああッ……」

喘ぎ声が漏れると同時に、陰唇の狭間《はざま》から新たな愛蜜が溢れ出す。羽田は反射的にすすりあげると、喉を鳴らして飲みくだした。

「もっと……ああッ、もっとよ」

アスカがさらなる愛撫《あいぶ》を求めて尻を振る。左手で髪の毛をわしづかみにして、股間をグイグイ押しつけてきた。

「ううッ……うむッ」

羽田は懸命に舌を伸ばすと、膣口《ちつこう》にヌプリッと押しこんだ。

きっと彼女が満足するまで終わらない。なんとか感じさせて、絶頂に導かなければならなかった。

しかし、さすがに苦しくなってきた。舌を必死に出し入れして、上唇でクリトリスを刺激する。愛蜜の量は確実に増えているが、まだ達するには刺激が足りないようだった。

「ああンっ……それくらいでいいわ」

ふいにアスカが腰をあげる。なにをするのかと思えば、ナイフを羽田の股間に近づけてきた。

「なっ……」

反射的に体が硬直する。刺される恐怖で、背すじが寒くなった。

「動くと大切なところがなくなるわよ」

そう言った直後、アスカは右手をすばやく跳ねあげる。革のベルトが切断されて、ウエストの締めつけが軽くなった。

(た、助かった……)

ほっと胸を撫でおろしたとき、アスカの含み笑いが聞こえてきた。

「こんなに大きくして、あなたも興奮してたのね」

いったい、なにを言っているのだろう。首を持ちあげて己の股間を見おろした瞬間、眉間に縦皺《たてじわ》を刻みこんだ。

なぜかペニスが剝き出しになっている。

しかもギンギンに勃起していた。まったく自覚はなかったが、彼女の股間を舐めたことで反応したらしい。しかし、それよりどうしてペニスが露出しているのかが気になった。

「これ、よく切れるって言ったでしょう」

アスカが楽しげにささやき、ナイフの刃をペロリと舐めた。

(ま、まさか……)

全身に鳥肌がサーッとひろがっていく。

彼女がナイフをひと振りしたことで、ベルトだけではなく、スラックスとボクサーブリーフも切られていたのだ。

慌てて確認するが、どこからも血は出ていない。

スラックスはともかく、ボクサーブリーフは肌にほぼ密着していた。それなのに、布地だけを切り裂いたというのだろうか。

「ちょっと、どうしたのよ。小さくなっちゃったじゃない」

アスカの不満げな声が聞こえてくる。

恐怖にすくみあがったことで、勃起していたペニスが萎えてしまった。なにしろ、一歩間違えば股間が血まみれになっていたのだ。想像しただけでも失禁しそうだった。

「世話が焼けるわね」

怒り出すかと思ったが、意外にもアスカはペニスを手でやさしく包みこんでくる。そして、温かい手のひらで、ゆっくり揉《も》んできた。

「うっ……」

快感がじんわりひろがっていく。

こんな状況だというのに感じてしまう。軽く触れているだけなのに、ペニスは復活の兆しを見せていた。

再び芯を通しはじめると、ほっそりした指が胴体部分に巻きついてくる。絶妙な力加減で刺激されて、たまらず腰が動いてしまう。ゆるゆるしごかれると、快感はさらに大きくなった。

(ど、どうして、こんなに……)

ナイフで脅されているにもかかわらず、なぜか彼女のテクニックに翻弄されてしまう。体の反応は正直で、ペニスは瞬く間にそそり勃《た》った。

「いい感じよ。あなたのやっぱり大きいわ」

アスカは唇の端に笑みを浮かべると、羽田の股間にまたがってくる。

両足の裏を絨毯につけた騎乗位の体勢だ。ワンピースの裾がずりあがり、黒いパンティが完全に露出する。ガーターベルトで吊られた黒のストッキングが、肉感的な太腿の白さを際立たせていた。

アスカはあらためてパンティの船底を脇にずらし、濡れそぼった女陰を露にする。そして、屹立《きつりつ》したペニスの先端に、そっと押し当ててきた。

「あンっ……すごく熱いわ」

うっとりした声でつぶやき、さらに腰を落としこんでくる。亀頭が二枚の女陰を巻きこみながら、膣口にヌプッとはまりこんだ。

「ううッ」

濡れた媚肉《びにく》に包まれた瞬間、蕩《とろ》けるような快感がひろがった。

ペニスはどんどん呑みこまれて、やがて根元まですっかり膣内に収まってしまう。前回と同じ騎乗位だが、雰囲気はまったく異なっている。アスカはまるでペニスを味わうように、腰をゆったり回転させた。

「硬いから、なかがゴリゴリ擦《こす》れるの……たっぷり楽しませてね」

互いの陰毛が擦れ合い、乾いた音を響かせる。それと同時に、つながった部分からは湿った音が聞こえていた。

「ううッ、ま、待ってください」

慌てて訴えるが、彼女は腰をまわしつづける。柔らかい媚肉のなかで、硬直したペニスが揉みくちゃにされていた。

「すぐにイッたら承知しないから」

「で、でも、そんなに動かれたら……くううッ」

羽田はたまらず呻き声を漏らして、奥歯を強く食いしばる。

気を抜くと、すぐに達してしまいそうだ。無数の膣襞《ひだ》がからみつき、カリの裏側にも入りこんでくる。ザワザワと這《は》いまわる感触が心地よくて、射精欲をうながしてきた。

「まだまだこれからよ」

アスカの腰の動きが、上下動に変化する。膝のバネを使い、ヒップを軽快に弾ませた。

「あンっ……ああンっ」

「ぬううッ、や、やばいですっ」

彼女の漏らす甘い声も刺激になっている。このままだと、あっという間に射精してしまう。

「うッ、ううッ……も、もうダメですっ」

「今、いいところなの……ああンっ、まだイカないで」

アスカの腰の動きは激しさを増す一方だ。膣壁をカリに擦りつけて、えぐるような感触を楽しんでいた。

「む、無理です……うううッ、で、出ちゃいますっ」

もはや一刻の猶予もならない。体が自然とのけぞり、射精欲が急激にふくれあがる。そのとき、視界の隅で、なにかがキラリと光った。

「うッ……」

鋭い痛みが、射精欲を一時的に緩和する。

はっとして自分の胸もとを見おろした。ワイシャツが左の脇腹から右肩にかけて裂けている。肌が露出しており、赤い線が走っていた。

(血……血だ……)

恐怖に全身が凍りつく。肌を薄く切られて出血していた。

「これで、もう少し長持ちするでしょ」

アスカの瞳がギラリと妖しい光を放つ。唇の端にはサディスティックな笑みが浮かんでいた。

右手にナイフを握ったまま、左手を肌の腹に置いている。その格好で再び腰を上下に振りはじめた。そそり勃ったペニスが膣に出入りをくり返し、またしても快感の波が押し寄せる。

(くうッ……た、耐えないと)

達しそうになると、また切られてしまう。羽田は全身の筋肉を力ませて、懸命に射精欲を抑えこんだ。

「あッ……あッ……いいっ、いいわっ」

アスカは自分勝手に腰を振りつづける。ひたすら快楽を貪り、さらなる高みを目指していた。

「ああッ、いいっ、あああッ」

喘ぎ声が切羽つまってくる。もしかしたら、絶頂が近づいているのかもしれない。羽田も悦楽にまみれながら、早く終わってくれることを願った。

「はあああッ、も、もうっ、あああッ、イクッ、イクイクううッ！」

ついにアスカの唇からアクメのよがり泣きがほとばしる。真紅のワンピースに包まれた女体がガクガク震えて、膣が猛烈に締まった。

「ううッ、す、すごいっ、ダ、ダメですっ、くおおおおおッ！」

直後に羽田も達してしまう。ペニスを絞りあげられて、悦楽の大波が押し寄せてくる。四方八方から揉みくちゃにされるのがたまらない。ついに抗《あらが》うことができず、ペニスが思いきり脈動した。

（おおおッ、き、気持ちいい……）

置かれている状況も忘れて、射精の快楽に酔いしれる。精液が噴きあがり、頭のなかがまっ白になっていく。全身に痙攣《けいれん》が走り抜けて、手錠の鎖がジャラジャラ鳴った。

「ちょっと……」

アスカのつぶやきが聞こえる。だが、羽田に答える余裕はなかった。

「出していいなんて言ってないわよ」

不機嫌な声だ。

いやな予感がして見あげると、アスカが右手に握ったナイフを宙でゆっくり振っていた。

「もう一本、傷をつけてあげようかしら」

ナイフの切っ先が、右の脇腹に近づいてくる。

胸板にX形の傷を刻みこむつもりだ。そう悟った瞬間、羽田の顔は恐怖にひきつり、懇願することもできなかった。

(も、もうダメだ……)

鋭い痛みを覚悟して、両目を強く閉じる。そのとき、激しい音がリビングに響き渡った。

5

開け放たれたドアから、黒革のスーツに身を包んだ女が入ってくる。

香澄だ。土足で踏みこんできたかと思うと、ライダーブーツの右足でいきなりアスカにまわし蹴りを浴びせていく。

「セイッ！」

裂帛《れっぱく》の気合とともに、風切り音が発生する。蹴りが顔面に直撃する寸前、アスカは身を低くしてかわすと床を転がった。

すばやく距離を取り、その勢いで立ちあがる。そのときには、すでにナイフを構えた中腰の体勢になっていた。

「香澄……どうして、あなたが」

アスカはこれまでにない厳しい表情になっている。

どうやら、香澄のことを知っているらしい。瞳の奥に怒りの炎が燃えあがっていた。

「前金を受け取りに来たら、依頼者が襲われていたのよ。助けないと、報酬をもらいそびれるでしょ」

香澄は平然と言い放つ。しかし、アスカを警戒しているのか、一分の隙も見せない。

（な、なんだ……）

羽田は床で仰向けになったまま、状況を把握できずにいた。

アスカと香澄は、羽田を挟んで対峙《たいじ》している。ふたりの全身から殺気が滲み出ていた。どう考えても危険だが、手錠がかかっているので逃げられない。ペニスを剝き出しにした状態で身動きできずにいた。

「報酬って、まさか……」

アスカが羽田をチラリと見やる。

寝転がっているため、どうしてもアスカの股間が視界に入ってしまう。ワンピースの裾はおりているが、ちょうど奥まで見える角度だ。先ほど中出しした精液が逆流して、白い内腿をドロリと汚していた。

「そう。この人がわたしの依頼者よ」

香澄はアスカを見据えている。一瞬たりとも、視線をそらすことはなかった。

「あなたは誰に雇われたの」

「そんなこと、言うはずないでしょ」

アスカは苛立《いらだ》たしげに答えると、再び羽田をにらみつける。

「まさか、香澄に依頼してたなんて……よくも騙《だま》したわね」

今にも八つ裂きにされそうで、羽田は思わず震えあがった。

「だ、騙したわけじゃ……」

かすれた声でつぶやくと、よけいにアスカを苛つかせてしまう。

言いわけに聞こえたのかもしれない。全身の毛が逆立つほどの怒気が伝わってきた。

「最初から払う気はなかったのね。あの一千万が前金だったなんて」

アスカはそう吐き捨てて、ソファに置いてあるバッグを見やる。その視線をたどり、香澄がバッグに手を伸ばした。

「これね。いただくわ」

「触らないでっ」

怒声とともに、アスカのナイフが空気を切り裂く。しかし、香澄は一瞬早くバッグをつかみ、上体をそらして刃先をかわす。そして、間髪容《い》れずに鋭い前蹴りを放ち、つま先を腹部にめりこませた。

「くぅッ……」

アスカの顔が苦痛に歪《ゆが》む。それでも、ナイフを振りまわす。だが、香澄はまたしてもかわして、今度は右のハイキックをくり出した。

（な、なんだこれは……）

羽田の真上で、高速の攻防が繰りひろげられている。仰向けの状態で動けず、ただただ怯《おび》えていた。

「ブーツとは卑怯《ひきょう》ね」

アスカはステップバックして直撃をまぬがれたが、確実にダメージを受けている。右手でナイフを構えたまま、左手で脇腹を押さえて、眉間に苦しげな縦皺を刻みこんだ。

「相変わらず甘いわね。殺し合いだったら、そんな言いわけできないわよ」

香澄は息ひとつ乱していない。相手の出方を探るように、切れ長の瞳で見つめていた。

「この借りは必ず返すわ」

アスカはナイフをたたむと、乳房の谷間に押しこんだ。そして、トレンチコートを拾いあげて、ドアに向かって歩いていく。

香澄は追いかけようとしない。今なら簡単に倒せるのに、悠々と立ち去るアスカを無言で見送った。

あれほど激しくやり合っていたのが嘘のようだ。もう勝負はついたということだろうか。どちらも相手を殺しかねない雰囲気だったが、とどめを刺すつもりはないようだった。

「さてと……」

香澄が腕組みをしてつぶやいた。

呆《あき》れた顔で見おろしてくる。冷たい視線が股間に向くのがわかり、羽田は自分の格好を思い出した。

「こ、これには事情が……」

隠したくても、手錠で自由を奪われている。激烈な羞恥がこみあげて、顔が赤くなるのを自覚した。

スラックスとボクサーブリーフを切り裂かれており、ペニスが露出しているのだ。とっくに萎えているが、先ほどまでアスカとセックスしていたので、愛蜜とザーメンにまみれていた。

「す、すみません……」

「謝る必要はないわ」

香澄は隣にしゃがみこむと、髪のなかから取り出したヘアピンで、手錠をあっさりはずした。

「もうダメかと思いました。ありがとうございます」

礼を言いながら、ペニスを布地の残骸で覆い隠す。体を起こして、絨毯の上で胡座《あぐら》をかいた。切られた胸の傷が痛むが、出血はほんどとまっている。病院に行く必要はないだろう。

「あの……さっきのは、空手ですか」

恐るおそる尋ねてみる。アスカに放った鋭い前蹴りが印象に残っていた。

「空手とキックボクシング、それにテコンドー。そのほかにも、いろいろな技術がまざっているわ」

香澄は当たり前のようにつぶやいた。

どうやら複数の格闘技を習得しているらしい。伝説の復讐代行屋と呼ばれるだけのことはある。ナイフを前にしても、まったく動じることはなかった。あの超人的な動きを見ただけでも、普通の男では敵《かな》わないと確信した。

「強いんですね……」

「そんなことより、なにがあったの」

香澄の声に苛立ちが滲んでいる。無駄話をする気はないとばかりに、切れ長の瞳で見つめてきた。

「は、はい……ソファで居眠りして、目が覚めたらあの人がいたんです」

羽田は自分の身に起こったことを必死に説明する。

彼女が里見美智子であること。そして、先ほどは雪見アスカと名乗っていたことも報告した。恐怖と快楽、それに安堵が入りまじり、神経がかつてないほど高揚している。

「災難だったわね」

香澄はソファに腰かけて、スラリとした長い脚を組んだ。

ライダーブーツは脱いである。足の指はほっそりしており、爪には赤いペディキュアが塗ってあった。そして、彼女のすぐ隣には、一千万円の入ったバッグが置いてある。

「金を取られなくてよかったです。一千万しかないって言ったら猛烈に怒りだして、殺されるかと思いました。バッグごと持っていってください。ちょうど香澄さんが来てくれて助かりました」

興奮ぎみにしゃべりながら、自分の言葉に違和感を覚えた。

香澄はまず連絡をしてくる約束だった。だが、事前の連絡をせず、いきなり部屋に入ってきた。しかも、ライダーブーツを履いたまま、土足で踏みこんできたのだ。

「偶然じゃないわ。このマンションを見張っていたの」

香澄の口から語られたのは、思いがけない言葉だった。

「えっと、よくわからないんですけど……」

「今日の夕方、三田村がお金を取りに来る予定だったでしょう。なにか動きがあると思ったのよ」

羽田の話を聞いた時点で、なにかが起こると予想していたらしい。そして、マンションを見張っていたところ、アスカが現れたのだ。

「あのアスカって人は何者なんですか。お知り合いみたいでしたけど」

二度もセックスしてしまったが、羽田にとっては疫病神のような女だった。彼女に誘惑されたのが、すべてのはじまりだ。三田村はどこでアスカと知り合ったのだろうか。

「同業者よ」

香澄はぽつりとつぶやいた。

「それって……あの人も復讐代行屋ってことですか」

思わず聞き返すと、香澄は微《かす》かに顎を引く。

まったくタイプは異なるが、アスカも復讐代行屋だという。普通に生活していたら、まずかかわることのない人たちだ。それなのに、ふたりも同時に現れるとは異常事態だった。

「な、なにが起きているのか……」

羽田は驚きを隠せないが、香澄はあくまでも冷静だ。もしかしたら、最初からアスカが関係していると気づいていたのではないか。

「教えてください。全然、わかんないです」

「あなたに話を聞いたときから怪しいと思っていたの。一連の出来事は、周到に計画が練られていた。プロの仕事よ。それに、薬物と色仕掛けはアスカの常套《じょうとう》手段なの」

さらに香澄はアスカのことを話してくれた。同業者なので、お互いのことをよく知っているらしい。

香澄は基本的に殺しはやらない主義だが、アスカは相手の命を奪うこともあるという。裏稼業の世界では「冷酷非道な復讐代行屋」と呼ばれて、一目置かれる存在だった。

「三田村のやつ、そんな恐ろしい人に依頼したのか……」

羽田と同じように、インターネットで復讐代行屋を探したのだろう。これは大変なことになってきた。復讐代行屋同士の戦いだ。

「か、勝てますよね」

「アスカひとりなら問題ないわ。でも……」

香澄はそこでいったん言葉を切り、腕組みをして黙りこむ。なにかを考えるような表情になった。

「アスカに仕事を依頼したのが、三田村ではないとしたら、話はまったく違ってくる」

「どういうことですか」

頭のなかがこんがらがってきた。

三田村ではなかったら、誰がアスカを雇ったというのだろうか。まったく話が見えなくなってきた。

「アスカは二千万円を受け取るつもりでここに来た。依頼者が三田村なら、あなたとの会話の内容をアスカに伝えてあるはずよ」

確かに、香澄の言うとおりだ。

三田村は、あるだけでいいから用意しろと言った。アスカに現金の受け渡しを頼むのなら、当然それを伝えるはずだ。しかし、アスカは三田村からなにも聞いていなかった。だから、一千万円しかないことに憤慨したのだ。

「依頼者は別にいると考えたほうがいいわね」

香澄は遠い目になり、独りごとのようにつぶやいた。

「あ、あの……」

羽田は途中で言葉を呑みこんだ。

胸騒ぎがする。なにか恐ろしいことが起こりそうで、背すじがゾクゾクと寒くなった。

「おそらく、黒幕がいるわね」

香澄は確信しているようだ。切れ長の瞳が鋭さを増していた。

第四章　嫉妬と憧憬と

1

香澄は台東区のとあるオフィスビルを見張っていた。

近くの路地にオートバイを停《と》めて、サイドスタンドを立ててある。今日も長時間の張りこみになるかもしれない。香澄はシートに横座りして、缶コーヒーを片手にビルの出入口を見つめつづけていた。

このオフィスビルには、ＩＴ関係のさまざまな企業が入っている。そのなかのひとつがフューチャーソフト社だ。

もうすぐ終業時間の夕方五時を迎える。

茜色に染まっていた空が、少しずつ闇に侵食されていく。日が落ちるとともに気温がさがり、ライダースーツの革が冷たくなってきた。しかし、ターゲットが現れるのは、しばらく先になるだろう。

三田村恭司は代表取締役だが、現役のプログラマーでもある。優秀なシステムエンジニアで、業界では名前の知られた人物だという。しかし、彼には裏の顔があるようだ。

羽田から依頼を受けたとき、最初は単なる嫉妬絡みの案件だと思った。しかし、話を詳しく聞くほどに違和感がふくらんだ。まず怪しいと感じたのは羽田をはめた女の存在だ。

薬を使って眠らせることができれば、あとは裸の女が隣に寝ている写真を撮ればいい。それだけで充分、浮気の証拠になる。見ず知らずの男とセックスまでする必要はない。だが、今回のケースはセックスの盗撮動画が会社に送りつけられていた。

この執拗《しつよう》さから、まっ先にアスカの顔が思い浮かんだ。

薬物と色仕掛けは、アスカの専門分野だ。彼女の場合は趣味と実益を兼ねている。だから、たとえ依頼されていなくても、毎回セックスまできっちりやることを知っていた。

アスカの関与を疑うと、三田村が二千万円という要求を引きさげたのも怪しく思えてきた。

復讐代行屋に仕事を依頼したのなら、高額の報酬を支払うことになる。とくにアスカは依頼者の足もとを見る女だ。相手が代表取締役となれば、かなりの額を提示したに違いない。すぐに現金が必要なはずの三田村が、金額を引きさげるのは不自然だった。

そもそも、羽田の話によると、三田村はいわゆるパソコンオタクだ。そんな男が、会社の乗っ取りと婚約者の寝取りを計画したという。素人《しろうと》が描くにしては壮大な絵図だった。

おそらく、裏で糸を引いている人間がいる。

まずは三田村を調査することにした。黒幕を突きとめなければ、全容が見えてこない。思いも寄らない大物が釣れる可能性もあった。

三田村はパソコンに向かうと時間を忘れる質《たち》だと聞いている。実際、張りこみは三日目になるが、昨日も一昨日も終電で帰宅していた。どうやら、仕事ぶりはまじめらしい。

しかし、まともに見える人間ほど裏がある。黒幕がいるなら、必ず動きがあるはずだ。そろそろ頃合だと踏んでいた。

オフィスビルの出入口に人影が見えた。

三田村に間違いない。黒縁の眼鏡をかけており、チノパンに淡いブルーのシャツ、その上に薄手のコートを羽織っている。まっすぐ帰宅するなら駅に向かうはずだが、手を挙げてタクシーを停めた。

今日は定時に退社したようだ。なにかあるかもしれない。

香澄はヘルメットをかぶり、すばやくオートバイにまたがった。セルスイッチを押せば、すぐに1000ccのエンジンが目を覚ます。身体《からだ》に響く鼓動を感じながらアクセルをひねり、タクシーの尾行を開始した。

タクシーは駅と反対方向に進み、やがて路地に入っていく。交通量が減ってくるので、気づかれないように注意しなければならない。目視できるギリギリの距離を保ち、尾行をつづけた。

しばらく走り、タクシーは雑居ビルの前で停車した。

香澄は離れた場所にオートバイを停めてエンジンを切った。タクシーを降りた三田村は、雑居ビルに入らず路地を歩いていく。どうやら、目的地で降りたわけではないらしい。

ふいに三田村が立ちどまり、周囲を神経質そうに見まわした。

香澄はとっさに雑居ビルの陰に身を潜める。そして、三田村が再び歩きはじめると、充分に距離をとってつけていく。

(ずいぶん慎重ね……)

おそらく黒幕に言われたのだろう。

よほど隠しておきたいことがあるのではないか。こうなると、裏社会の人間が関与している可能性も出てくる。とはいっても、三田村は堅気《かたぎ》の人間だ。香澄の尾行にまったく気づいていなかった。

やがて三田村は人目を気にしながら、とあるマンションのエントランスに足を踏み入れた。

ファミリー層が入居していそうな、ごく普通のマンションだ。

香澄は急ぎつつも慎重に近づき、エントランスを確認する。オートロックだと面倒だと思ったが、古いマンションで出入りは自由だった。奥にエレベーターがあり、階数を示すランプで上昇中なのが確認できた。今、二階から三階に変わったところだ。

躊躇《ちゅうちょ》することなく階段に向かう。足音を殺しながら、一気に三階まで駆けあがる。いったん廊下に出て確認するが、人影は見当たらない。エレベーターのランプは四階でとまっていた。

日頃から鍛えているので息が切れることはない。さらに四階まであがると、廊下を歩く靴音が聞こえた。

壁に身を寄せて、廊下をそっと確認する。

三田村の背中が見えた。部屋のドアがいくつも並んでいる長い廊下を、うつむき加減にとぼとぼ歩いている。一番奥のドアの前で立ちどまると、インターホンのボタンを押した。

すぐにスピーカーから返答がある。離れているため、はっきり聞き取れないが、男の低い声だ。

「み、三田村です」

三田村が緊張の面持ちで名乗ると、一拍置いて解錠する音が響いた。

ドアが開いて、黒服の男が姿を見せる。目つきがやけに鋭い。一見して普通の人間ではないとわかるが、まだ若いので下っ端だろう。警戒するように廊下を見やるが、香澄が潜んでいる階段のあたりは薄暗い。向こうからは確認できないはずだ。

黒服の男につづいて、三田村も部屋のなかに入っていく。ドアが閉まり、施錠する音が聞こえた。

(やっぱり……)

胡散《うさん》くさい連中がからんでいるらしい。

先ほどの黒服は裏社会に属している。虚勢を張ることでしか生きていけないクズ特有の穢《けが》れた臭いが、全身からプンプン漂っていた。おそらく、あの部屋は秘密クラブか裏カジノだろう。

運営しているのは、暴力団か半グレ集団でまず間違いない。中途半端な連中が手を出せば、たちまちつぶされる。裏社会でシマを荒らすことは許されない。クズにはクズなりのルールがあるのだ。

三田村の黒幕が裏社会の人間だとすると、急にきな臭くなってくる。予想はしていたが、これは単なる個人の復讐《ふくしゅう》ではない。もっと大きな陰謀が隠されているに違いなかった。

(でも、どうして……)

階段をおりながら、ふと考える。

脳裏に浮かんだのはアスカのことだ。彼女が暴力団や半グレ集団の依頼を受けると思えない。なにか事情があるのだろうか。

しかし、同業者ではあるが仲間ではない。アスカがどうなろうと知ったことではなかった。ただ、なんとなく気になっただけだ。あの女が向こうに雇われているのなら、また対峙《たいじ》することになるだろう。

裏社会がかかわっているとなると、より慎重に行動する必要がある。

羽田は出社していない。外出を控えるように言ってある。金をむしり取ろうとして狙っている連中がいるのだ。もし捕らえられたりしたら、命を落とす可能性もあった。

それより、さらに危険なのが梨奈だ。

羽田が持っていた写真で、梨奈の容姿は把握している。おとなしい感じの美人だった。裏の世界の人間が見れば、充分、金になると判断する。羽田をつけ狙うより、梨奈を利用したほうが楽に稼げるのだ。

調査したところ、ライブ動画が配信された翌日から、梨奈は体調不良ということで会社を休んでいる。だが、この三日間、自宅のアパートに帰っている様子がない。電気メーターをチェックしたが、家電製品の待機電力以外、使っている形跡がなかった。

暴力団や半グレ集団の事件で、まっ先に被害に遭うのは女性だ。時間をかけるほど、梨奈が危険にさらされる。取り返しのつかないことになる前に、手を打たなければならない。

まずは梨奈の居場所を突きとめて安全を確保する。三田村と羽田の諍《いさか》いに、彼女を巻きこむわけにはいかなかった。

2

香澄はオートバイで三田村のマンションに向かった。

もしかしたら、梨奈がいるかもしれない。わずかでも可能性があるなら、確かめる必要があった。

梨奈は三田村の策略にはまり、羽田を徹底的に避けている。なにしろ、婚約者の浮気と横領が発覚したのだ。すべて三田村が仕組んだことだが、梨奈はそれを信じている。今、彼女が頼るとしたら、身体を許した三田村だろう。

誰にも会いたくなくて、密《ひそ》かに三田村のところに転がりこんでいるのではないか。それなら、とりあえずは安全だが、もし三田村の部屋にもいないのなら話は違ってくる。

少し離れた場所にオートバイを停めると、徒歩でマンションに向かう。住民がオートロックを抜けるタイミングをしばらく待ち、堂々とマンション内に入りこんだ。

三田村の部屋は三階の303号室。階段を駆けあがり、人影がないことを確認してドアに歩み寄った。

インターホンは鳴らさない。もし梨奈がいたとしても、おそらく居留守を使うだろう。そうなったら安全を確認できなくなる。

気づかれないように侵入して、自分の目で確かめるしかない。さっそくヘアピンを二本使ってピッキングに取りかかる。音を立てないように気をつけるが、わずか十五秒ほどで解錠することに成功した。

静かにドアを開けて、すばやく身を滑りこませる。施錠してからライダーブーツを脱ぎ、室内に足を踏み入れた。

耳を澄ますが音はいっさい聞こえない。念のため足音を忍ばせてリビングを確認する。間取りは1LDKだ。寝室とトイレとバスルームもチェックするが、やはり誰もいなかった。

香澄はリビングに戻ると、ソファに腰をおろした。

照明は消したままだが、窓から差しこむ街の光が部屋のなかをうっすら照らしている。リビングは八畳ほどだろうか。テレビはないが、デスクトップのパソコンがある。モニターは大画面のデュアルだ。

几帳面《きちょうめん》に片づけられている。だが、梨奈がいた痕跡はない。女性がいれば、なにかしら気配が感じられるものだ。しかし、ここは完全に男のひとり暮らしの部屋だった。

家捜ししても、梨奈の手がかりは見つからないだろう。こうなったら三田村の帰宅を待ち、脅してでも聞き出すしかない。多少強引だが、時間が経《た》てば経つほど梨奈の身は危険にさらされてしまう。

暴力団にしろ半グレ集団にしろ、女を商品としか思っていない。やつらにとって、女は金を生み出す道具だ。そんな連中に、またひとり女が食いものにされようとしている。放っておくことはできなかった。

三田村があのマンションの一室に入ってから、一時間半ほど経っている。

なにか弱みでも握られて、言いなりになっているのではないか。そう仮定すると、三田村の一連の行動も説明がつく。今も脅されて、次の指示を受けているのかもしれない。

そのとき、玄関で物音が聞こえた。

香澄は敏捷《びんしょう》な猫のように立ちあがり、リビングのドアの脇に身を潜める。三田村が帰ってきたのだろう。靴を脱ぐ気配があり、足音が近づいてきた。リビングのドアが開き、照明がつけられて部屋のなかが明るくなった。

三田村は香澄の存在に気づかず、ソファに向かって歩いていく。疲れきっているのか。足もとがおぼつかなかった。

「おかえりなさい」

香澄は壁に寄りかかったまま声をかけた。

「ひっ……」

腰をおろしかけた三田村が、素っ頓狂な声をあげる。肩をビクッと跳ねあげると、ひきつった顔で振り返った。

「だ、誰……」

そうつぶやく唇の端が切れている。

赤黒い血が付着しており、瘡蓋《かさぶた》になりかけていた。左目の下には青紫の痣《あざ》ができて、眼鏡《めがね》のフレームが不自然に曲がっている。どうやら、こっぴどく殴られたらしい。

足もとがふらついていたのは疲労のためではなく、リンチを受けたダメージがあったからだろう。だが、これくらいは予想の範疇《はんちゅう》だ。ぱっと見たところ、骨折しているところはない。

「ずいぶん殴られたみたいね」

香澄はゆっくり歩み寄ると、三田村の正面にまわりこむ。そして、指先で肩を小突いた。

「うっ……」

力なくよろめき、そのままソファに座りこんだ。

「ぼ、暴力は、やめてください」

三田村はすっかり怯《おび》えきっている。香澄のことを、暴力団か半グレ集団の一員と勘違いしているようだ。

（いっしょにしないでほしいわね）

香澄は胸底でつぶやき、思わず苦笑する。

きっと世間的には自分も似たようなものなのだろう。いずれにせよ、裏の世界に生きる人間なのは間違いなかった。

「か、金なら、必ず用意しますから……」

三田村がかすれた声を絞り出した。

どうやら、金のことで殴られたらしい。羽田に払わせるはずの二千万円を、三田村は自分の判断で勝手に引きさげたのだ。おそらく、その責任を問われたのだろう。

しかも、その引きさげた金は一円も回収できていない。アスカがどういう報告をしたのか知らないが、羽田が用意した一千万円は香澄が前金としていただいていた。

「簡単に言うけど、どうやって用意するつもりよ」

この際なので鎌をかけてみる。少しでも多く情報を引き出しておけば、あとで役立つこともあるだろう。

「そ、それは……定期預金を解約するとか、いろいろ……」

「あなたが払うのね」

平静を装っているが、香澄は内心、驚いていた。

三田村は梨奈のことで、羽田に嫉妬していたはずだ。それなのに、二千万円を肩代わりするつもりだろうか。

「今日まで待ったけど、羽田がまだ払えないって言うから……」

三田村は視線を落としてつぶやいた。

予想とは少し違っている。羽田に対して嫉妬はあるが、仲間意識もあるのかもしれない。

「あなたが二千万を払ったところで、梨奈さんは戻ってこないわよ」

「どうして……」

三田村がうつむかせていた顔をあげる。

「約束が違うじゃないですか」

眼鏡ごしに見つめてくる目が揺れていた。

悲しみと後悔が滲《にじ》んでいる。それに罪悪感も見て取れる。しかし、自分でなんとかしようとする勇気は感じられなかった。

「梨奈さんとは、いつから会ってないの？」

「いつからって……あなたたちが連れていったんじゃないですか」

「それって、いつ？」

「あの夜、羽田と電話したあとですよ」

ライブ動画を配信した夜のことだ。電話を切ったあと、黒幕の連中が梨奈を連れ去ったのだろう。

「二千万用意すれば、梨奈さんを返すと言われたのね」

おぼろげながら見えてきた。

やはり梨奈は囚《とら》われの身となっている。そして、三田村は彼女をなんとかして助けようとしていた。

「でも、梨奈さんを取り返すことはできないわ」

「な、なにを言って……あ、あんた、あいつらの仲間じゃないのか」

頭が混乱しているのだろう。視線が泳ぎ、眼鏡を押しあげる指先まで小刻みに震えていた。

「少なくとも、あなたを脅してる連中よりは、わたしのほうがましよ」

「も、もしかして……」

三田村の顔が瞬く間にひきつっていく。

「で、伝説の……ふ、復讐代行屋……」

どうやら、アスカがそう言ったらしい。

現金の回収に失敗したのだから、言いわけが必要だったはずだ。羽田が雇った復讐代行屋に邪魔されたと報告したのだろう。その際、香澄のことを「伝説の復讐代行屋」と称して、自分に非がないことを強調したのではないか。

「知っていることをすべて話しなさい」

ここからが本題だ。香澄は抑揚を抑えた声で言い放つと、顎をツンとあげて男の目を見おろした。

「い、言えない……い、言ったら、梨奈さんが……」

三田村にしてみれば、梨奈を人質に取られているようなものだ。もし裏切ったら梨奈の命はない、とでも言われているのだろう。

「時間がないの。手間をかけさせないで。このままだと、梨奈さんは裏風俗のソープに沈められるのよ」

「そ、そんな……」

「官僚や大企業の幹部が相手だから、情報管理は徹底されている。裏風俗に行ったら、もう見つけようがない。殺されるよりつらい目に遭うわ。ボロボロになるまで働かされて、最後は臓器を売られることになるでしょうね」

わざと刺激の強い言葉を投げかける。

そうでもしなければ、恐怖でがんじがらめになっている三田村は口を割らないだろう。

「お、俺のせいだ……俺が、あんなことをしたから……」

激しい動揺が見て取れる。三田村は目に涙を滲ませて、首をゆるゆると左右に振った。

「梨奈さんはわたしが助ける。でも、それにはあなたの情報提供が必要なの。なにがあったのか、最初から詳しく話して」

一転して協力を仰ぐ。すると、三田村は震えながらも小さくうなずいた。

できることなら、堅気の人間を脅したくはない。まったく心が痛まないと言えば嘘になる。しかし、今回は時間がなかった。

「羽田と梨奈さんの婚約がショックで……それで、今年の春くらいから飲み歩くようになって……」

三田村がぽつりぽつりと語りはじめる。

はじまりは羽田に対する嫉妬だ。ひとりで飲み歩くうち、ふらりと入ったバーのマスターから、いい店があると紹介された。それがマンションの一室にある裏カジノだった。

黒服がいたマンションのことだろう。バーのマスターもグルだ。金を持っていそうな客が来ると、裏カジノに誘導する。世間話をしながら、さりげなく客の情報を聞き出しているはずだ。三田村は酔いにまかせて、いろいろ話してしまったのではないか。

「その裏カジノ、誰が運営してるの」

「ヤクザです……龍永会《りゅうえいかい》っていう……」

龍永会、名前は聞いたことがある。

確かそれほど大きい組ではなかったと思う。いずれにせよ、関東一円を取り仕切る暴力団、柳田組の下部組織なのは間違いない。半グレ集団の台頭で、柳田組は勢力を弱めているが、それでもまだ裏社会にはびこっていた。

まさか暴力団の経営とは知らず、三田村は裏カジノにはまったのだろう。もちろん、向こうは最初から金を巻きあげるつもりだ。まずはバカラなどで勝たせておいて、徐々に掛け金を吊《つ》りあげていく。そうやって金銭感覚を麻痺《まひ》させるのがお決まりの手口だ。

ギャンブルは人から冷静な判断力を奪ってしまう。それは三田村のように優秀なプログラマーでも同じだ。気づいたときには、ひと晩で何百万、何千万という借金を背負ってしまう。

入店時に身分証の提示を求められているので逃げられない。三田村の場合は代表取締役ということで、とくに目をつけられたのだろう。

「あいつら、羽田に横領の罪をかぶせて、金を奪えば借金を返せるって……俺も、羽田がおもしろくなかったから……」

気づかないうちに四千万円という莫大な借金を背負わされたうえ、言葉巧みにそそのかされたらしい。羽田に嫉妬していた三田村は、やつらの提案に乗ってしまったという。

「友達を裏切ったのね」

「逆らえなくて……す、すみません」

三田村の声は消え入りそうなほど小さくなる。

強面《こわもて》のヤクザに恫喝《どうかつ》されたら、一般人はまず抗《あらが》えない。だからといって、三田村を擁護するつもりはないが、誰にでも起こりうることだった。

「借金を返せば、それで終わるはずだったんです。それなのに……」

龍永会が描いた絵図はこうだ。

まず、三田村に復讐代行屋とコンタクトを取らせる。依頼内容は、羽田の婚約を破談させること。これには三田村の願望も入っているので、復讐代行屋は信じるはずだ。

その裏で、三田村が偽の裏帳簿を作成して羽田のパソコンに仕込む。横領の罪を着せて、羽田から金を引き出すためだ。さらには、羽田を会社から追い出す理由にもなる。

四千万円の借金のうち、二千万円は会社の経費から、残りの二千万円は羽田に支払わせる計画だ。

こうすれば、龍永会は自分たちの手をいっさい汚さないですむ。なにかあっても、三田村の責任になるわけだ。

そして、三田村がインターネットで探して依頼したのがアスカだった。

この時点で、アスカは裏に龍永会がいることを知らない。三田村の個人的な復讐だと思ったはずだ。アスカは依頼を受けて羽田を誘惑すると、セックスの盗撮動画をフューチャーソフト社の全社員に送りつけた。

「アスカには、いつ本当のことを話したの」

「盗撮動画がばらまかれた日の夜です。報酬を渡す予定になっていて、アスカさんが指定したカフェで会いました」

復讐代行屋が依頼者と接触する場合、人目のつかない場所か、もしくは大勢の人でにぎわっている場所を使う。都会では他人に無関心な人が多いので、逆にカモフラージュになるのだ。

「そこに、龍永会のやつらが来て……」

「アスカに協力するように迫ったのね」

香澄の言葉に、三田村はこっくりうなずいた。

三田村がアスカに依頼した内容は、裏で龍永会が糸を引いているのですべて筒抜けだ。それをネタにして、アスカに協力を迫ったのだろう。

暴対法が施行されてから、暴力団は組員を確保できずに苦しんでいる。若い連中は、半グレになるほうが圧倒的に多いという。そこで即戦力になる復讐代行屋を引きこもうとしたのではないか。まともに依頼すれば高額になる復讐代行屋を、タダで使おうという魂胆だ。

「アスカを騙《だま》して、あなた、よく無事だったわね」

「カフェじゃなかったら、刺されていたかもしれないです」

そうつぶやく三田村の顔は青ざめていた。

やはりアスカは激怒したらしい。脅されていたとはいえ、三田村は彼女を罠にはめたことになる。その結果、アスカは龍永会の計画に荷担せざるを得なくなったのだ。

アスカは昔から暴力団を嫌悪している。その点だけは、香澄と気が合うところだ。だからこそ、彼女の怒りは想像に難くなかった。

「あいつら、梨奈さんと食事しているところにも現れて……俺のこと、見張ってたんです」

「梨奈さんはどこにいるの」

「わからないんです……聞いても、教えてもらえなくて……」

ライブ動画を配信した夜、梨奈は連れていかれて、連絡が取れない状態だという。

どこかに監禁されているはずだが、それがわからない。少なくとも龍永会の事務所ではないだろう。警察に踏みこまれたら一発でアウトだ。羽田から金を引き出すまで、安全な場所に監禁しておくはずだ。

「借金を返せば終わるはずだったのに……会社と梨奈さんまで……」

三田村は肩をがっくり落としてうつむいた。

フューチャーソフト社は順調に業績を伸ばしている。連中にしてみれば、三田村は金のなる木だ。すべてを奪いつくすつもりに違いない。

「俺がバカだったばっかりに……」

ついに三田村は肩を震わせて泣きはじめた。

だが、香澄の頭は冷静だった。感情の揺らぎを理性の力で抑制して、三田村をじっと見おろしていた。

泣く元気があるくらいなら、拳を握りしめて立ちあがれ。愛する女を自分の手で奪い返せ。強大な敵に立ち向かう気概を見せろ。心のなかでそう思うが、口にはしなかった。

三田村は弱い男だ。だが、三田村が特別弱いわけではない。

連中は善良な市民に紛れて、そこら中に罠を張っている。そうやって獲物がかかるのを虎視眈々《こしたんたん》と狙っているのだ。

三田村も普通の状態なら引っかからなかっただろう。だが、心が弱っているところにつけこまれた。やつらは鼻が利く。弱っている獲物を見つけたら、地獄の果てまで追いかけてきて、骨の髄までしゃぶりつくす。

一般人が闇の勢力に目をつけられたら、自力で逃れるのはむずかしい。

かつて香澄の恋人も、暴力団と半グレ集団の抗争に巻きこまれて命を落としていた。彼、小林良介《こばやしりょうすけ》はまじめな好青年だった。なんの落ち度もないのに、香澄の目の前で射殺されたのだ。

以来、連中を目の敵にしている。香澄も裏の世界に生きる人間だ。しかし、自分なりのルールがある。

「相手の名前は」

香澄が尋ねると、三田村はまっ赤になった目で見あげてきた。

「あなたと主にやり取りをしていた相手がいるはずよ」

そこを突破口にするしかない。その男はすべてを把握している。捕まえて、梨奈の監禁場所を吐かせるつもりだ。

「か、鹿島《かしま》って人です」

よほど恐れているのか、その名前を口にするとき三田村はおどおどと視線をそらした。

「鹿島ね……」

必要な情報はそろった。あとは生きている価値もないハイエナ以下の連中をたたきつぶすだけだ。

「あなたは何事もなかったように過ごして。わたしに会ったことは――」

「い、言いません。絶対、誰にも……だから、梨奈さんを……」

三田村はすがるような顔になっていた。香澄は無言でうなずくと、静かに背を向ける。

「あ、あの……俺に、できることは……」

「ないわ。邪魔をしないで」

「でも、なにかひとつくらい……俺はどうなってもいいんで」

なおも三田村が語りかけてくる。

だが、香澄はなにも答えない。そのままリビングをあとにすると、背後で号泣が響き渡った。

天才プログラマーでも、自分の尻を拭えない。だからこそ、復讐代行屋という裏稼業が存在している。

3

翌日、香澄は龍永会のことを調べた。

組員はわずか十二名という小さな暴力団だが、柳田組直系ということで油断ならない。実際、裏カジノでかなりの売上をあげているようだ。繁華街の雑居ビルに事務所を構えているが、やはり梨奈を監禁している様子はなかった。

組長は鹿島龍介《りゅうすけ》、四十二歳。柳田組のトップ、柳田大二郎《だいじろう》と盃《さかずき》を交わした武闘派だ。しかし、現在は時代の流れに合わせて裏カジノや風俗店を取り仕切っている。それなりに頭の切れる男のようだ。

三田村とやり取りしていたのは、この鹿島に間違いない。まさか組長がじきじきに乗り出すとは意外だった。

それだけ三田村がおいしい相手と思ったのか、もしくは組の財政がよほど苦しいのか。いずれにせよ、金になると踏み、本気でフューチャーソフト社を乗っ取るつもりだ。

だからこそ、万全を期してまわりくどい絵図を描き、腕の立つ復讐代行屋を巻きこむことにしたのだろう。

(アスカ、あなたはどう出るつもり……)

あの女の顔を思い浮かべると、心のなかで問いかけた。

本当は羽田から金を受け取ったら、そのまま行方をくらますつもりだったのではないか。暴力団を嫌悪しているアスカが、いつまでも言いなりになっているとは思えない。すでに龍永会のもとを去っている気がした。

羽田が香澄を雇ったことは、すでにばれている。鹿島は慎重になっているはずだ。実際、例の裏カジノを朝まで張っていたが、客以外の出入りはなく、鹿島が姿を見せることもなかった。

こうなると、簡単には捕まえられないだろう。

おそらく、鹿島はあのマンションに籠城していると思うが確信はない。強行突入して間違いだった場合、梨奈の身に危険が及んでしまう。迂闊《うかつ》なことはできない。不本意だが予定を変更するしかなかった。

夜になり、香澄は三田村が行ったというバーに向かうことにした。

ライダースーツを脱ぎ、艶感のある黒いシルクのワンピースに身を包んだ。ハイヒールを履き、ハイブランドのコートを羽織っている。ダイヤモンドのピアスとネックレスをつけて、アンニュイな表情を浮かべた。

フューチャーソフト社にほど近い繁華街のはずれに、飲み屋ばかりが入っている古い雑居ビルがある。薄暗い階段をおりて地下に向かうと、廊下の奥にドアが見えた。

木製のドアに「ＢＡＲヘブン」と書いてある。

時刻は夜七時になったところだ。

場合によっては荒っぽいことになる。念のため「営業中」の札を裏返して「準備中」にしてから、遠慮がちにドアを開いた。

カウンターのみの小さなバーだ。

間接照明のぼんやりした光が店内を照らしている。スツールは六つあるが、客の姿は見当たらない。口髭《くちひげ》を蓄えた五十前後と思われるマスターが、暇そうにタバコを吸っていた。立ちのぼる紫煙が気怠《けだる》い感じだった。

カウンター内の棚には、ウイスキーやウォッカ、テキーラなどの瓶がびっしり並んでいる。奥には従業員の休憩スペースがあるようだが、女を監禁するほどの広さはないだろう。

（この店ね……）

（違う、ここじゃない……）

直感的にそう思った。

梨奈がここにいるのなら、もっと張りつめた空気になるはずだ。なにより、これでは警備が甘すぎる。こうなったら、危険を承知の上で、裏カジノに潜入するしかない。

「いらっしゃい」

マスターは慌てる様子もなく、香澄の全身を舐めまわすように見た。金になると踏んだのか、口もとに微笑を浮かべる。そして、タバコを灰皿で揉《も》み消した。

「ひとりなんですけど……」

「お好きな席にどうぞ」

穏やかな声音だ。

中肉中背で黒のスラックスに黒シャツを着ている。一見するとダンディなマスターだが、目の奥には極道独特の冷たい光が宿っていた。

コートを脱いで、背後のハンガーにかける。

ワンピースは膝がギリギリ隠れる丈で、裾から黒いストッキングに包まれた脚が伸びていた。胸もとはざっくり開いており、乳房の谷間でダイヤモンドのネックレスが輝いている。

スツールに腰かけて脚を組むと、ワンピースの裾がずりあがって太腿がチラリとのぞく。またしてもマスターの視線が這《は》いまわるのを感じて虫酸《むしず》が走るが、あえて気づかないふりをした。

「どうぞ……なにを召しあがりますか」

おしぼりを手渡しながら、マスターが語りかけてくる。

「じゃあ、赤ワインを……」

「うちは、はじめてですよね」

「はい……なんとなく、飲みたい気分で」

視線を落としてつぶやいた。

「なにか、あったんですか」

マスターはワインをグラスに注ぐと、カウンターにすっと出してくる。用心するに越したことはないが、初見の客にいきなり薬を盛ることはないだろう。

「ありがとう……」

ワインをひと口飲んで喉を湿らせる。そして、おもむろに語りはじめた。

「一年前に夫を亡くしたんです。急にひとりになってしまったから、なんだか淋《さみ》しくて……」

「お若いのに未亡人ですか。それは、おつらいですね。お仕事はされていないいんですか」

「ええ、夫はレストランを三軒ほど経営していました。それを人に譲ったので、充分生活していけるんです」

　暇を持てあましている未亡人を装った。

　金はあるが満たされていない。そんなふりをすれば、思っていたとおり関心を示してきた。

「うちでよろしければ、ゆっくりなさってください」

　マスターの目が怪しい光を放つ。獲物として相応《ふさわ》しいかどうか、見きわめようとしているのだろう。

「名刺をお渡ししておきますね」

　差し出された名刺には店名と携帯番号、そして「沢田遼一《さわだりょういち》」と書いてある。名前を明かすことで、少しずつ距離をつめる作戦だろう。

「沢田さん……とおっしゃるんですね」

　その名前は龍永会のことを調べたときに出てきた。

　沢田は龍永会の若頭、つまり、組長の鹿島に次ぐナンバー2の人物だ。まさかそんな男が、バーのマスターをやっているとは意外だった。小さな組なので、シノギがきついのかもしれない。

（もしかしたら……）

母体である柳田組の弱体化も影響しているのではないか。

発端となったのは、柳田大二郎組長の入院だ。表向きの理由は内臓疾患ということになっている。しかし、それは組の面子《メンツ》を保つためで、実際は香澄に首の骨を折られたことで寝たきりになっていた。

目の前で恋人を撃ち殺された香澄は、怒りにまかせて渾身《こんしん》の踵《かかと》落としを柳田の首すじにたたきこんだ。二年以上も前の出来事だが、まるで昨日のことのように覚えている。

「じつは、お酒、あんまり強くないんです」

香澄は酒が弱いふりをした。

か弱い女のほうが警戒されない。本気を出せば一瞬で倒せるが、ここは闘争心を抑えこむ。今は簡単に騙せると思わせなければならない。

「家に帰ってもひとりだし、夜は飲み屋さんしかやっていないでしょう。お酒が強ければいいんだけど……」

「それなら、いいところを知ってますよ」

沢田がさらりと口にする。

先ほどから視線がチラチラと胸もとに向いていた。ダイヤモンドのネックレスを見ているのか、それとも乳房をチェックしているのか。

気に入られたのは間違いない。もちろん、個人的な恋愛感情などではなく、商品になると確信している。この手の男は、女をそういう目でしか見ることができないのだ。

（食いついてきたわね……）

香澄は内心でつぶやいた。

極上の獲物が網にかかったと思ったらしい。沢田の目の奥には、隠しきれない下劣な光が揺れている。金をすべて搾り取ったら、ソープで働かせることまで考えているのだろう。

「知り合いが、近くでカジノをやってるんです。わたしもときどき手伝ってるんですよ」

「ギャンブルは、あんまり……」

すぐには話に乗らない。あえて敬遠しているふりをする。

「ルールもよくわからないですし……」

「そんなにむずかしくないですよ。初心者の方は、遊び方を丁寧に教えてもらえます」

「でも、カジノって、怖い感じがしませんか」

「会員制なので安心です。誰でも遊べるわけではありません。お客さまは、身元のしっかりした方ばかりです」

沢田はここぞとばかりにたたみかけてくる。普通の客は、この雰囲気に流されてしまうのだろう。

「のぞいてみるだけでも構いませんよ」

「それなら、ちょっとだけ行ってみようかしら」

香澄が興味を示すふりをすると、沢田の顔に笑みがひろがった。

「身分証はお持ちですか。会員登録に必要なんです」

「免許証なら、あると思います」

ハンドバッグのなかから免許証を取り出した。

氏名の欄には「白川陽子《しらかわようこ》」と記されている。もちろん、偽名だ。こういう展開を予想して、あらかじめ偽の免許証を用意しておいた。ちなみにスマホは持参していない。個人情報につながるものは、いっさい身に着けていなかった。

「これでいいですか」

「ええ、大丈夫です。今夜から遊べますけど、どうされますか」

願ってもない展開だ。梨奈の監禁場所を特定するために、一刻も早くカジノに潜入したかった。

「せっかくですから、お願いします」

「では、さっそくお店に連絡を入れておきましょう」

沢田はスマホを手に取ると、どこかに電話をかけはじめる。こちらの気が変わるのを警戒しているのか、とにかく行動が早かった。

「もしもし、ヘブンの沢田です。お客さまをご紹介したいんですが。白川陽子さんという女性です。はい……はい……わかりました」

電話を切ると、沢田がギラつく目を向けてきた。

「わたしがご案内します。わかりにくい場所にあるんです」

免許証を返そうとしない。こうやって、強引にカジノへ連れていくのが手口なのだろう。

「でも、ここはどうするんですか」

「少しくらい閉めても問題ないですよ」

沢田の顔には不敵な笑みが浮かんでいる。

もともと、この店で利益を出す気がないことが判明した。カジノに引っぱる客を釣るための場所だった。

「じゃあ、行きましょうか」

言葉の端々から、絶対に逃さないという雰囲気が伝わってくる。逃げるつもりなど微塵《みじん》もない。それでも、素人らしさを出すため、香澄はとまどっているふりをしながら小さくうなずいた。

十分後、沢田の運転する黒塗りのバンは、例のマンションの前で停車した。

「つきました。さあ、どうぞ」

沢田は車から降りて助手席にまわりこむとドアを開ける。

丁重なふりをしているが、そうではない。これも獲物を逃がさないようにする
ためだ。気が変わって帰ろうとするのを阻止するために、こうして寄り添ってい
る。とにかく、マンションに連れこみたいのだろう。

「こちらです」

沢田のエスコートでエントランスに足を踏み入れる。

マンションの一室がカジノになっている時点で胡散くさい。普通の人なら、こ
の時点で気後れするはずだ。しかし、免許証を渡したままというのも枷《かせ》になって

いる。断れずについていってしまうのだろう。

　エレベーターで四階まであがる。沢田は無口になっており、なにやら不穏な空気が流れはじめていた。

　四階の廊下を歩き、一番奥の部屋の前で立ちどまる。沢田はインターホンのボタンを押すと、無表情にカメラを見つめた。

「はい……」

「開けろ」

　口調がこれまでとは変わっている。やがてドアが開くと、黒服の若い男が顔をのぞかせた。

　沢田につづいてなかに足を踏み入れる。

　外観はファミリー層向けのマンションだが、なかは完全に改装されていた。土足で入る形で、壁がぶち抜かれて大広間になっている。中央にバカラとポーカー台とルーレットがあり、スポットライトが降り注いでいた。

「意外と広いんですね」

　香澄は驚いているふりをして、店内を見まわした。

　壁ぎわにはスロットの機械が並んでいる。隅にはバーカウンターがあり、蝶《ちょう》ネクタイ姿のバーテンダーが立っていた。

客はスーツ姿の年配の男性が数名と、ドレス姿の女性がちらほらいる。ギャンブルに夢中なのか、香澄のことを気にする者はいなかった。

タバコの煙と酒の匂い、それに異様な熱気が充満していた。

ざっと数えたところ、ディーラーが三人、客の世話をする黒服が三人、それにバーテンダーと沢田を合わせると八人の組員がここにいる。だが、沢田以外はみんな若く、鹿島らしい男はいなかった。

「会員登録するので、免許証をコピーさせてもらいますよ」

沢田は免許証を若い黒服に手渡した。

有無を言わせぬ雰囲気だ。こうなってしまったら、普通の人は逃げ出したくても逃げ出せないだろう。

「ポーカーでもやってみますか」

沢田が声をかけてくる。

送り届けるだけかと思ったが、帰ろうとしない。本格的にむしり取るつもりらしく、香澄から離れなかった。

「でも、やっぱり……」

ためらっているふりをして、再び視線をめぐらせる、
奥にドアがあるのが気になった。梨奈の監禁場所は別だと思うが、鹿島がいるかもしれない。

先ほどの若い黒服が戻ってくる。免許証を沢田に渡すとき、なにやらアイコンタクトを取るのがわかった。

「免許証、お返しします。ありがとうございました」

沢田が丁重に免許証を差し出してくる。

香澄はさりげなく受け取りながら、空気が変化したのを敏感に察した。もしかしたら、偽物だとばれたのかもしれない。だが、ここで帰れば、梨奈の居場所はわからないままだ。

「じゃあ、カクテルでも飲みますか」

沢田に勧められるまま、バーカウンターに歩み寄った。

「こちらのご婦人に、口当たりのいいものを」

目つきの鋭いバーテンダーが無言でうなずき、慣れた様子でカクテルを作る。

そして、沢田にはウイスキーのロックを差し出した。

「どうぞ」

沢田が声をかけてくる。ポーカーを断った手前、気は進まないが飲まないわけにはいかなかった。

（でも、もし薬が入っていたら……）

いやな予感が脳裏をよぎるが、躊躇したのは一瞬だけだ。

連中にとって、女は大切な商品だ。薬を盛られたとしても、命を奪われることはない。香澄は自分の容姿が男たちを歓喜させることを知っている。シノギのきつい暴力団が、極上の獲物をみすみす手放すはずがない。

万が一、復讐代行屋だとばれても、手懐《てなず》けようとするはずだ。やつらはそれができると信じている。女を使ったシノギが長いからこそ、自分たちの力を過信してしまう。己を省みることができないのが連中の弱みだった。

香澄はカクテルグラスの細い脚を指先で摘《つ》まんだ。

鮮やかなオレンジ色の液体が揺れている。なにか混入していたとしても睡眠薬だ。グラスの縁に唇をつけて、そっと口に流しこむ。とたんに柑橘《かんきつ》の爽やかな香りと甘みがひろがった。

「ん……おいしい」

内心警戒しながら、にっこり微笑《ほほえ》んでみせる。

喉から食道、そして胃にかけてが熱くなっていく。ほんのひと口しか飲んでいないのに、想像していたよりも刺激が強い。そんなにアルコール度数が高いのだろうか。

（なにかおかしい……）

そう気づいたときには、身体から力が抜けていた。

膝がガクッと折れて、とっさに両手をカウンターにつく。急激に全身が重くなり、顔もあげていられない。薬を盛られたのだ。頭ははっきりしているのに、なぜか全身の筋肉に力が入らなかった。

「おや、飲みすぎてしまったようですね」

沢田がすっと寄ってくる。なれなれしく腰に手をまわして、くずおれそうな香澄の身体を支えた。

「さ、触らないで……」

かすれた声しか出ない。これも薬の影響に違いなかった。

「少し休憩すれば、よくなりますよ。さあ、こちらへどうぞ」

沢田に支えられて、奥へと連れていかれる。

なにしろ、身体に力が入らないので抵抗できない。ほかの客たちはギャンブルに熱中している。こちらを見る者もいたが、ただの酔っぱらいと思っているようで気にも留めなかった。

連れていかれたのは、奥に見えたあのドアだ。沢田がノックすると、一拍置いて解錠する音が聞こえた。

4

奥の部屋は十畳ほどのVIPルームだった。壁に沿ってソファがぐるりと設置されていた。

中央には黒大理石のテーブルがあり、香澄はその上に寝かされている。拘束されているわけでもないのに、身体に力が入らず起きあがれない。明かりが煌々《こうこう》と灯《とも》り、黒いワンピースに包まれた身体が照らされていた。

沢田は香澄をVIPルームに運びこむと、あっさり出ていった。

香澄は身体の自由が利かず、部屋のなかを確認できていない。人の気配は感じているが、誰がいるのかはわからなかった。

「はじめまして。鹿島です」

ダークグレーのスーツを着た中年男が視界に入ってくる。

穏やかな声だが、目の奥は笑っていない。髪をオールバックにしており、ポマードでがっちり固めている。この男が組長の鹿島龍介だ。普通にしているだけでも強烈な威圧感があった。

「あの男は近藤《こんどう》、わたしのボディガードだ」

鹿島の目が部屋の隅に向けられる。香澄は眼球だけを動かして、そちらを確認した。

そこにいるのは、プロレスラーのような大男だ。黒いダブルのスーツ姿で立っており、全身から暴力の匂いを漂わせている。無表情の顔は切り傷だらけで、耳はつぶれてカリフラワー状になっていた。

レスリングや柔道の経験者に、耳がつぶれている者が多い。厳しい練習で擦れて、内出血をくり返しているうちに変形してしまうという。つまり、近藤の巨体は見せかけだけではないということだ。

「もうひとり、キミに紹介したい人がいる」

鹿島がそう言うと、誰かが近づいてくる気配がした。

「こんばんは」

聞き覚えのある声にはっとする。

顔をのぞきこんできたのはアスカだ。真紅のタイトなドレスを着て、楽しげに笑っていた。てっきり姿をくらませたと思ったのに、まだ龍永会にかかわっていたとは驚きだ。いったい、なにを考えているのだろうか。

「もう、未亡人のふりなんてしなくていいわよ。あなたの正体、わたしがばらしちゃったから」

「ア、アスカ……まさか……」

なんとか声を絞り出す。身体に力が入らないばかりか、まともに話すこともできなかった。

「あら、わたしが調合した薬を飲んだのに、しゃべれるなんてさすがね。意識はそのままに、筋力だけ低下させる薬なの。おもしろいでしょう」

アスカは悪びれた様子もなく笑っている。

最低な女だった。アスカは香澄の正体をばらしたうえ、あのカクテルに薬を混入させたのだ。

「借りは必ず返すって言ったでしょ」

アスカは左手で自分の腹を擦《さす》って見せた。

まさか、あの前蹴りの仕返しをするためだけに、龍永会に協力しているというのだろうか。

いや、それだけではない。あの夜、アスカは羽田から現金を回収して、そのまま持ち逃げするつもりだった。その計画が狂ったことで、香澄を逆恨みしていてもおかしくない。

「あなたのことだから、絶対に来ると思ったの。だから、鹿島さんに待ち伏せするように提案したのよ」

アスカは楽しげに言うと、鹿島に身体を擦り寄せる。腕をからめて、ドレスの乳房のふくらみを押しつけた。

（な、なにを……）

香澄は思わず眉根を寄せる。

暴力団を嫌悪していたアスカが、鹿島に媚《こび》を売っている姿が信じられない。見ているだけで吐き気がしてくる。もともと仲間とは思っていないが、なんとなく裏切られたような気持ちになった。

「ねえ、鹿島さん、わたしの言ったとおりでしょう」

アスカが猫撫《な》で声を出して、腰をくねくねさせる。この様子だと、身体も許しているに違いない。

「そうだな。下手《へた》にこちらから動かなくて正解だったよ」

鹿島はまんざらでもなさそうな笑みを浮かべている。まさか、アスカは組長の愛人になってしまったのだろうか。

「じゃあ、約束のご褒美、もらってもいいかしら」

「ああ、好きにしろ」

鹿島はそう言って一歩さがった。

なにかいやな予感がする。香澄は懸命に力をこめるが、薬が効いている身体はまったく動かなかった。

「香澄、この日を待っていたのよ」

アスカが手を伸ばして頰に触れてくる。

身体は動かないのに、感覚は正常のままだ。いや、動けないせいか、普段より鋭敏になっている気がした。

「さ、触らないで……り、梨奈さんを……」

懸命に声を絞り出す。女が食いものにされるのは同性として許せない。かかわってしまった以上、なんとかして梨奈を救出したかった。

「そんな女のことなんて、どうだっていいじゃない。それより、わたしと楽しみましょうよ」

アスカがうれしそうに身を乗り出してくる。そして、信じられないことに唇を重ねてきた。

「ンっ……」

思わず呼吸をとめて目を閉じる。

指一本を動かせないので逃げようがない。顔をそむけることもできず、アスカの唇を受けとめるしかなかった。

「ずっと、こうしたかったの……はンンっ」

アスカがささやき、舌を伸ばしてくる。唇をそっと舐《な》められたかと思うと、隙間からヌルリッと入りこんできた。

「や、やめ……ンンっ」

どうやっても抗えないのが悔しくてならない。

熱い吐息とともに、柔らかい舌が奥まで侵入してくる。口のなかをねちっこく舐めまわされて、さらには舌をからめとられてしまう。唾液ごとジュルジュル吸いあげられると、頭の芯がジーンと痺《しび》れてきた。

（そんな……どうして、こんなこと……）

香澄はとまどいを隠せずにいた。なにしろ、女同士でディープキスを交わしているのだ。

「香澄のこと、ずっと気になってたの」

アスカの声が艶を帯びていく。両手で香澄の頰を挟みこみ、愛《いと》おしげに撫でまわしてきた。

「わたしより強いくせに、すごくきれいでしょう。天は二物を与えないって言うけど、あれはウソね」

うっとりした瞳で見おろしてくる。

まさかアスカにレズっ気があるとは知らなかった。顔を合わせるたびに突っかかってくるのは、好意の裏返しだったのだろうか。もちろん、香澄にそういう趣味はない。彼女の気持ちにまったく気づかなかった。

「は、離れて……」

くぐもった声でつぶやくが、またしてもキスで唇をふさがれてしまう。

アスカは唾液をすすりあげては、味わうように嚥下《えんげ》する。さらには香澄の身体を横向きにすると、ワンピースのファスナーをおろしはじめた。

（ま、まさか……）

そう思った直後、ワンピースを脱がされてしまう。

あっという間にストッキングも奪われて、身に着けているのは黒いブラジャーとパンティ、それにハイヒールだけになった。ネックレスが胸の谷間で輝いているのが、なおさら羞恥を増幅した。

「こ、これ以上は……許さない」

怒りをこめてにらみつける。しかし、身体の自由が利かない状態では、なにを言っても無駄だった。

「香澄、すごくセクシーよ」

アスカがうっとりした顔で見つめてくる。そして、背中のホックをはずすとブラジャーを奪い取った。

（ああっ、そんな……）

乳房が勢いよくまろび出る。柔肉がタプンッと弾むと、恥ずかしさと悔しさで目を強く閉じた。

「照れてるのね。ああンっ、かわいいところあるじゃない」

アスカはため息まじりにつぶやき、乳房をゆったり揉みあげる。双《ふた》つの柔肉に指をめりこませては、先端で揺れる乳首をやさしく摘まんで、クニクニと転がしてくるのだ。

「ンっ……や、やめて……」

男に触れられるのとは異なる感覚が走り抜ける。女の繊細な愛撫《あいぶ》が、いやでも性感を刺激した。

「乳首が硬くなってきたわ。こっちはどうかしら」

アスカは左手の指で乳首を摘まんだまま、右手を股間に滑らせる。パンティの上から膣口《ちつこう》のあたりを押し揉まれて、湿った音が響き渡った。

「はンンっ」

「やっぱり濡れてる。わたしの指で感じてくれたのね」

女体の示す反応が、なおさら彼女を煽《あお》ってしまう。アスカは興奮ぎみに口走ると、乳首に吸いついてくる。舌を這わせて唾液を塗りつけては、まるで赤子のようにチュウチュウと吸い立てた。

「ンっ……ああっ」

たまらず声が溢《あふ》れ出す。薬を盛られて会話するのも困難だが、意味をなさない声なら発することができた。

「これが感じるのね。じゃあ、もっとしてあげる」

アスカは乳首をしゃぶりながら、股間を押し揉んでくる。そして、布地ごと指先を膣口に埋めこんできた。

「あああッ、ダ、ダメっ」

「これね、これがいいのね。ああっ、イッてもいいのよ」

「や、やめっ……あああああッ、はあああああンッ！」

挿入された指を鉤《かぎ》状に曲げられた瞬間、鮮烈な刺激が突き抜けた。身体がガクガク震えて、頭のなかがまっ白になる。信じられないことに、アスカの愛撫で絶頂に追いあげられてしまった。

「うれしい……イッてくれたのね」

アスカが再び唇を重ねてくる。アクメの余韻のなか、またしても唇を割られて舌を吸いあげられた。

「いいものを見せてもらったぞ」

ふいに鹿島の声が聞こえた。

アスカがキスを中断して離れる。すると、それまで黙って見ていた鹿島が、いつの間にか香澄の足もとに立っていた。

「見ていたらやりたくなったよ」

すでにスラックスとボクサーブリーフをおろして、勃起したペニスを剝《む》き出しにしている。しかも、そそり勃《た》った肉棒は巨大なうえに、ところどころにゴツゴツした瘤《こぶ》が浮かんでいた。

（な、なに……い、いやっ）

グロテスクな男根を目にして心のなかで叫んだ。

肉棒にシリコンボールがいくつも埋めこんである。その昔、極道はペニスに真珠を埋めこむことをステータスにしていた。シリコンボールは真珠の代用だ。そんなおぞましいペニスを挿入されても女は痛いだけなのに、いまだによがり狂わせることができると信じているらしい。

「たっぷり、かわいがってやる」

鹿島の手でパンティを脱がされて、ついに一糸纏《まと》わぬ姿になってしまう。逆三角形に手入れした陰毛が剝き出しになり、さらに足を開かされたことでパールピンクの女陰も露《あらわ》になった。

「知ってるぞ。おまえ、柳田の親父《おやじ》に犯《や》られたんだってな。そのとき、ずいぶん喘《あえ》いだらしいじゃないか」

古い話を持ち出されて、胸の奥がズクリッと痛む。声をあげるのも屈辱で、奥歯を強く食いしばった。

だが、鹿島はそんな香澄の表情さえ楽しんでいた。女体をテーブルの端まで引きさげると、自分は床に立ったままで脚の間に腰を割りこませてくる。香澄は身をよじることすらできず、亀頭を女陰にあてがわれた。

「ンっ……」

「気持ちよかったら、声を出してもいいんだぞ……ふんんッ」

鹿島のペニスが入りこんでくる。膣口が押しひろげられて、シリコンボールの瘤が膣壁にめりこんだ。

「ひンンッ」

こらえきれずに裏返った声が溢れ出す。凄まじい衝撃が突き抜けて、女体に痙《けい》攣《れん》が走り抜けた。

「これが、伝説の復讐代行屋の穴か」

鹿島が興奮ぎみにつぶやき、さっそく腰を振りはじめる。膣内をゴリゴリと摩擦されて、これまで経験したことのない強い刺激がひろがった。

（はああッ、こ、こんな……）

ハイヒールを履いたままの足が宙に跳ねあがる。自力では動かせないのに、女壺を犯される衝撃に反応するのが悔しかった。

（こ、こんなに、すごいなんて……あああッ）

香澄はかつてないほど困惑していた。

先ほどのアスカの愛撫が前戯になっていたのかもしれない。女壺はすっかりほぐれており、シリコンボールの瘤で擦られてもまったく痛みを感じない。それどころか、えぐられるのが気持ちよくてたまらなかった。

（ああっ、い、いや……）

極道のペニスなどで感じたくない。しかし、香澄の成熟した女体は、ピストンされるほどに蕩《とろ》けていく。

「おおッ、締まってきた」

鹿島が呻《うめ》き声を漏らしながら腰を振る。香澄は望まない快楽を送りこまれて、絶頂が迫っていることを実感した。

「あッ……あッ……や、やめて」

抗いの声を絞り出す。だが、それは男の興奮を煽ることにしかならない。鹿島の腰の振り方が激しくなり、香澄はたまらず喘ぎ声をほとばしらせた。

「ああッ、も、もうっ、あああッ」

頭のなかが燃えあがっている。まっ赤に染まった視界のなか、鹿島が目を剝いて笑っているのが見えた。

「イクのか、イキそうなんだな……ぬううッ、思いきりイッてみろっ」

「い、いやっ、あああぁッ、いやっ、はあああああああッ！」

心では抗っているのに身体は求めてしまう。容赦なく突きまくられて、ついに絶頂へと昇りつめていく。動けないせいで全身が敏感になっており、まったく抵抗することができなかった。

「奥に出してやるっ、ぬおおおおおおおッ！」

その直後、鹿島が獣のような唸《うな》り声とともに射精を開始する。巨大なペニスを根元まで埋めこみ、大量の精液を注ぎこんできた。

（あああッ、や、やめて……はンンンンンンッ！）

奥歯を食いしばって声をこらえるが、またしても絶頂に達してしまう。熱い粘液を子宮口に浴びせかけられて、理性が粉々に砕けていく。全身が熱くなり、下腹部がビクンッ、ビクンッと波打った。

「どうだ。俺の道具は格別だったろう」

鹿島が勝ち誇ったように語りかけてくる。その後ろでは、アスカが複雑そうな表情を浮かべて見つめていた。

「伝説の復讐代行屋も、ひと皮剝けばただの女ってことだ。おとなしく言うことを聞いていれば、悪いようにはしないさ」

本気で勝ったと思っているらしい。香澄を性奴隷に調教して、荒稼ぎする夢でも描いているのだろう。

「俺たちを狙った罰として、おまえにはたっぷり稼いでもらうぞ。まずはAVに出演してもらう。おまえなら、かなりの売上が期待できるな。AVで顔を売ったら次は高級ソープだ。スケベ親父どもにかわいがってもらえるぞ」

頭のなかで札束が飛び交っているに違いない。鹿島が嬉々《きき》として語るのを、香澄は表情を変えずに聞いていた。

今はこらえるときだ。

この状況で騒ぎ立てたところで、どうすることもできない。ここはじっと耐え忍び、チャンスが訪れるのを待つしかなかった。

しかし、憤怒の炎は燃えあがっている。忌み嫌っている暴力団に囚われて、辱めを受けたのだ。これほどの屈辱があるだろうか。

（この男だけは絶対に許さない）

絶頂の余韻を噛《か》みしめながら、命に代えても復讐すると心に誓った。

5

「さて、どこに連れていかれるでしょうか」

アスカが歌うような調子で尋ねてくる。

香澄は黒塗りのセダンの後部座席に乗せられていた。

右側にはアスカが、左側には龍永会の若い男が座っている。運転しているのはさらに若いチンピラ風の男だ。

香澄の両側を挟んでいるのは、逃げられないようにするためだろう。もとより薬の影響で身体は動かない。アスカの手で服は着せられたが、凌辱《りょうじょく》された屈辱は消えなかった。

黒塗りのセダンは四台連なって走っている。鹿島と近藤、それに沢田はほかの車に乗りこんでいた。カジノは客を帰して閉めたので、龍永会の組員全員をどこかに集めるらしい。

「これから、いいところに行くのよ。梨奈ちゃんにも会わせてあげる」

アスカが肩に手をまわして、身体をぴったり寄せてきた。

(やっと梨奈さんの監禁場所がわかるわ)

ここまで耐えてきた甲斐《かい》があった。

まずは梨奈の安全を確保することが先決だ。居場所さえわかれば、なんとかする自信があった。

「おい、よけいなことしゃべるな」

突然、若い男が苛立《いらだ》った声をあげる。どすの利いた声だが、アスカはまるで聞く耳を持たない。

「あんた、誰に向かって言ってるのよ。鹿島さんに言いつけるわよ」

信じられない言葉だった。

あれほど暴力団を嫌っていたアスカが、すっかり組長の愛人気取りだ。なにか釈然とせず、香澄は横目でアスカの顔をうかがった。

「ふふっ……かわいいわ」

再びアスカが身を寄せてくる。耳を舐められたかと思うと、耳たぶを甘噛みされた。背すじがゾクゾクして、たまらず声にならない呻きが漏れる。

「到着するころには、薬が切れるわ」

ふいにアスカが小声でささやいた。男たちの耳には届かない、香澄にだけ聞こえる声だった。

（アスカ、あなた……）

疑念が一気に氷解していく。

香澄はそっと睫毛《まつげ》を伏せると、ワンピースの上から乳房を揉まれる刺激にじっと耐えた。

やがて車がスピードを落として停車する。窓の外に視線を向けると、どこかの倉庫の前だった。ほかの三台の車もすでに停まっていた。

「着いたぞ」

隣の男が声をかけてくる。香澄はそのタイミングで前かがみになり、がっくりうなだれた。

「どうした。大丈夫か」

具合が悪くなったと思ったらしい。男が顔を近づけてくる。

このときを待っていた。香澄は全身のバネを使って身体を起こすと同時に、渾身の肘打ちを男の顔面にたたきこむ。

「うぐぁッ」

呻き声に鼻骨の折れる音が重なった。顔面を押さえた男の両手が、瞬く間に鮮血で染まっていく。

身体は少し重いが、とりあえず動く。アスカの言うとおり、薬の効果は切れていた。

「てめぇっ」

運転席の男が振り返る。慌てて身を乗り出してくるところに、香澄は右手に握りしめたハイヒールを思いきりたたきつけた。

「ぎゃぁああッ」

男の左目が陥没するのがわかった。ハイヒールの踵が突き刺さり、根元からぼっきり折れた。

先ほど前かがみになったとき、自分のハイヒールを手に持ったのだ。

香澄は隣の男に再び肘打ちを浴びせていく。顔面を押さえている手の甲にたたきつけると、指の折れる感触がはっきり伝わってきた。

「殺しはやらないんじゃなかったの」

アスカが小声でつぶやく。

「人聞きが悪いわね。死んでないわ」

香澄は無表情に答えると、壊れたハイヒールを見おろした。折れた踵の部分から、黒い小さな箱がはみ出ている。仕込んでおいたGPS発信機だ。先ほどの衝撃で壊れて、なかの配線が剝き出しになっていた。

アスカはそれを無言で摘まみあげると、自分のハンドバッグに押しこんだ。そして、ドアを開けると車外に飛び出していった。

「大変よ、香澄が暴れてるのっ」

なかなかの演技力だ。アスカの緊迫した声を聞き、ほかの車から男たちが慌てて降りてくるのが見えた。

第五章　裏切りの代償

1

羽田は自室で悶々《もんもん》と過ごしていた。

リビングのソファに横たわり、見るともなしにテレビを眺めている。なにもする気が起きず、髪はボサボサで無精髭《ひげ》を生やしていた。

香澄から外出を控えるように言われている。

確かに、金を受け取りに来たアスカという復讐《ふくしゅう》代行屋は危険な女だった。再び遭遇したら、今度こそ殺されるかもしれない。しかし、香澄は黒幕がいると予想していた。

（それって、あの女よりやばいやつなのか……）

アスカのことを思い返すだけでも恐ろしくなる。

里見美智子と名乗っていたときは、色っぽくて魅力的な女性だと思った。しかし、ナイフを片手に騎乗位で腰を振るアスカは、とてもではないが正常な人間には見えなかった。

羽田はTシャツの上から自分の胸板にそっと触れた。

左の脇腹から右肩にかけて、ナイフで切り裂かれたのだ。もう、傷は治りかけているが、心の奥底に刻みこまれた恐怖は消えなかった。

香澄の予想では、アスカには三田村ではない依頼者がいる。それが黒幕だ。つまり、羽田から奪った金は最終的に黒幕の手に渡るはずだった。

（そうなると、あいつは……）

脳裏に三田村の顔が浮かんだ。

もしかしたら、三田村は黒幕に脅されているだけではないか。なにか弱みを握られて、言いなりになっていたのかもしれない。

しかし、梨奈とセックスしたのは事実だ。甘い言葉をささやき、梨奈を寝取ろうとしていた。あのライブ動画は脅されてやったことではないだろう。あれだけは絶対に許せなかった。

とにかく、香澄の指示に従って自室にこもり、今日で四日目になる。梨奈のスマホに何度もメールを送ったが返信はない。三田村もいっさい連絡をしてこなくなった。

(なにが、どうなってるのか……)

会社での自分の立場もどうなるのかわからない。そもそも、香澄は三田村にどんな復讐をするのだろうか。

香澄は片がついたら連絡すると言っていた。

今のところ連絡がないので、まだ仕事が終わっていないのだろう。前金の一千万円を渡してあるので少し不安になるが、彼女が持ち逃げするとは思えない。とにかく、信じて待つしかなかった。

しかし、さすがに食料が底を突いてきた。買い置きのインスタントラーメンや缶詰で食いつないできたが、そろそろ限界だった。

時刻は深夜零時になるところだ。今日の昼、最後のインスタントラーメンを食べてしまった。冷蔵庫には食材がいっさい入ってない。米が少しあるだけで、おかずはなにもなかった。

（この時間はまずいか……）

コンビニに行きたいが、人通りの少ない深夜は不安だ。とはいっても、二十四時間、狙われているとも思えない。しかし、もしアスカに出くわしたら一巻の終わりだ。

そんなことを考えていると、ふいにスマホがメールの着信音を響かせた。

（なんだよ……）

即座に腹のなかでつぶやいた。

画面には「三田村」と表示されている。その名前を見ただけでも気分が悪くなった。読まずに削除しようかと思うが、仕事に関することが記されているかもしれない。

なんとか気持ちを落ち着かせてメールを開いた。

『いろいろ、すまなかった。梨奈さんは龍永会というヤクザに監禁されている。助けてあげてほしい』

その下に住所が書きこんであった。

（なんだ、これは……）

顔をしかめて画面をにらみつける。

三田村のメールなど信用できるはずがない。羽田を罠《わな》にはめて、梨奈を寝取ったのだ。それなのに今さら「助けてあげてほしい」とは、どういうつもりで書いてきたのだろうか。

（それに、監禁って……まさか、そんなこと……）

また騙《だま》すつもりかもしれない。

この住所に向かえば、アスカが待ち構えているのではないか。そして、ナイフで襲いかかってくるかもしれない。あの女が本気になれば、自分などあっという間に切り刻まれてしまうだろう。

（バカバカしい、もう騙されないぞ）

怒りに流されてメールを削除しようとする。しかし、タップする寸前で踏みとどまった。

（もし、本当だったら……）

ふとそんな思いが脳裏に浮かんだ。

香澄の言っていた黒幕が龍永会だとしたら、そして、梨奈が本当に監禁されているのだとしたら、早く助けなければ大変なことになってしまう。

（いや、でも……）

一方で警戒心が胸にひろがっていた。

自分を罠にはめた三田村を信じるなど馬鹿げている。羽田に浮気をさせて婚約者を奪い、さらには横領の罪を着せて金をむしり取ろうとした。さらには会社から追い出そうとしているのだ。

このメールのどこに信用できる要素があるというのだろう。

自分でもそう思うが、どうしても無視できない。さんざん騙されたが、心のどこかに信用したいという気持ちが残っていた。

三田村の真意を確認するため、メールを返信しようと思う。ところが、感情が激しく乱れて、上手《うま》く文章にまとめることができない。なにから書けばいいのかわからなくなってしまう。

迷ったすえ、電話をかけることにした。

正直、三田村の声など聞きたくない。しかし、長いつき合いなので、声から嘘《うそ》か本当か判断できるかもしれない。梨奈のためだと自分に言い聞かせて、三田村の番号をタップした。

呼び出し音が鳴っているが、三田村はなかなか電話に出ない。

あのメールが嘘だからなのか、それとも羽田と話すことに抵抗があるのか。苛《いら》立《だ》ちながら待っていると、ようやく電話がつながった。

「あのメール、どういうことだ」

いきなり、羽田の方から切り出した。

「た、頼む。梨奈さんを助けてくれ」

三田村の声は弱々しい。なにかに怯《おび》えているようだ。だからといって、羽田の心は動かない。

「おまえの言うことなんて信用できるか」

聞く耳を持たずに突き放す。

こんな言い方をすれば、以前の三田村ならすぐに電話を切っていた。プライドの高い男だ。人に怒鳴られることが我慢ならないのだろう。だが、この日は切ろうとしなかった。

「ま、待ってくれ、頼むから切らないでくれ。俺が悪かった。全部、話すから聞いてくれ」

今にも泣き出しそうな声だ。

知り合って十年以上になるが、三田村のこんな声ははじめて聞く。羽田が困惑して黙りこむと、三田村はこれまでの経緯を語り出した。

羽田と梨奈の婚約がおもしろくなくて飲み歩くようになり、裏カジノで借金を作ってしまった。そこが龍永会の経営だった。借金をネタに脅されて、言われるまま羽田を罠にはめたという。

「梨奈は関係ないだろう。なんで梨奈が監禁されなくちゃいけないんだ。まさか、おまえが売ったのか」

「ち、違う。あいつらが勝手に連れていったんだ。梨奈さんだけじゃなく、会社も乗っ取る気なんだ」

天才プログラマーの三田村が、こんな情けない声を出すとは驚きだ。だんだん憐《あわ》れに思えてくるが、甘い顔はできなかった。

「もとはといえば、おまえの借金が原因じゃないか。俺に横領の罪をかぶせて、おまえは毎日なにやってんだ」

「とりあえず、会社に……」

この状況で普通に出勤しているという。その神経が理解できなかった。

「自分で梨奈を助けようと思わないのか。全部、おまえのせいだろうが」

「香澄さんが邪魔をするなって……」

「おまえ、香澄さんに会ったのか」

思わず声が大きくなる。

「梨奈さんの居場所を聞かれたんだ……会ったのはその一回だけど、今日の夕方、香澄さんからメールが来たんだ」

香澄はメールで、GPS発信機の位置情報を検索するホームページのアドレスと、ログインIDとパスワードを知らせてきたという。

「香澄さん、GPS発信機を持ってるらしいんだ。梨奈さんが監禁されている場所を見つけたら、そこで電波を切るって」

つまりGPSで最後に確認できた場所に、梨奈がいるということだ。

「そんな大事なことを……」

羽田は思わず首をかしげた。

自分のところにメールは届いていない。それほど重要な情報を、香澄はなぜ三田村にだけ知らせたのか納得いかなかった。

「どうして、おまえなんだ。香澄さんに依頼したのは俺だぞ。前金だって渡してあるんだ。おかしいだろっ」

「そんなの、俺に言われてもわからないよ」

羽田の剣幕に押されて、三田村が困惑の声を漏らした。

「おい、三田村、また騙そうとしてるんじゃないだろうな」

苛立ちを言葉にしてぶつけていく。

罠かもしれない。しかし、三田村を信じたい気持ちも残っている。実際、三田村の言葉に嘘はない気がした。

（じゃあ、どうして、香澄さんは……）

そのとき、ある仮説が脳裏に浮かんだ。

香澄は龍永会に囚《とら》われて、スマホを奪われたのではないか。そして、そのスマホから三田村に嘘の情報を流した。

嘘の情報が羽田に伝わると踏んだうえでの作戦だ。

三田村はメールの内容を信じているので、それを羽田が聞いても嘘だと見抜けない。そして、監禁場所に羽田がのこのこ現れたところを捕まえて、金を要求するのではないか。

いっそのこと、警察に通報したほうがいいかもしれない。

しかし、連中には梨奈のセックス動画を握られている。万が一、それが流出したら、梨奈は二度と外を歩けなくなってしまう。おとなしい彼女にとって、死ぬよりつらいことだろう。

そのとき、梨奈がどんな選択をするのか、考えるだけでも胸が苦しくなる。最悪の事態を想定すると、やはり警察は頼れなかった。

「信じてくれって言っても無理かもしれないけど……本当なんだ」

三田村の声は今にも消え入りそうになっている。

すでに信用を失っているとわかっていながら、それでも羽田に連絡をした。梨奈を助けたいという気持ちは本物だ。

「三田村……どうして、おまえが行かないんだ」

素朴な疑問だった。

三田村は香澄のメールが本物だと信じている。それなら、自分が監禁場所に駆けつけて梨奈を助ければ、間違いなく感謝されるだろう。彼女の気持ちを自分に向けることができるはずだ。

「もう、これ以上、裏切りたくないんだ」

三田村はぽつりとつぶやいた。

「今さら遅いのはわかってるけど……最後くらいは……」

「最後って――」

「それに、俺じゃダメだってわかったんだ。梨奈さんが好きなのは、やっぱり羽田、おまえなんだよ」

三田村はひと息で言いきった。このときだけは、吹っきれたように明るい声になっていた。

「三田村、おまえ……」

どう答えればいいのかわからない。

ふいに、この十年のことが脳裏をよぎった。

自分たちは仲のいい友人だった。ふたりで会社を立ちあげたときは、どうせ無理だと笑うやつらもいた。それでも、力を合わせて懸命にがんばってきた。最初は苦労したが、大勢の社員を抱えるまでになった。

（それなのに……）

どこで歯車が狂ってしまったのだろう。

電話の向こうで三田村が黙りこんでいる。微《かす》かな息遣いが聞こえていた。もしかしたら、泣いているのではないか。羽田はもらい泣きしそうになり、ぐっとこらえた。

今は泣いている場合ではなかった。梨奈を助けなければならない。龍永会の罠かもしれないが、放っておくことはできなかった。

「悪いけど……ひとりで行ってくれ」

三田村が小声で語りかけてくる。

「俺、喧嘩《けんか》とか全然ダメだから……足手まといになっちゃいけないし……それにさ、怪我《けが》とかしたくないんだ。だから……」

最後のほうはこらえきれず涙声になっていた。

本当はいっしょに行きたいに違いない。梨奈を助けたい気持ちは三田村も同じはずだ。しかし、騙したことを悪いと思っているから、羽田に花を持たせようとしているのだろう。

「気をつけて……」

「じゃあな」

電話を切ると、複雑な思いがこみあげた。

憎しみが薄れて、一抹の淋《さみ》しさが胸にひろがっている。もう、昔のような仲のよかった友達には戻れない。

三田村は破滅するのだろうか。復讐代行屋に依頼したことを、心のどこかで後悔していた。

だが、いつまでも感傷に浸っているわけにはいかない。なにが待っているのかわからないが、とにかく向かうつもりだ。どうせ失うものはなにもない。動かずに後悔するより、当たって砕けた方がましだった。

2

羽田は自分の車に乗りこみ、カーナビに従って三田村から送られてきた住所に向かっている。

街からどんどん離れて、工場が建ち並ぶ地域を走っていた。

奇《く》しくも、香澄と会った港の倉庫街の近くだ。

オレンジがかった街路灯が道路を照らしている。大型トラックやトレーラーはたくさん走っているが、普通乗用車はほとんど見かけない。なんとなく落ち着かない雰囲気の場所だった。

不安に駆られながら走り、やがてカーナビが示す地点に到着した。

巨大な建物が目の前にある。どうやら運送会社の倉庫のようだ。トラックに荷物を詰めこむゲートが六つ並んでいるが、シャッターは閉まっている。やけに静かなのが気になった。

ほかの建物からは物音が聞こえている。この地域は二十四時間稼働の工場が多いのだろう。しかし、目の前の倉庫は寂れた感じが漂っている。今は使われていないのかもしれない。

（本当にここで合ってるのか……）

不審に思いながら、車をゆっくり走らせる。すると、倉庫の奥の暗がりに、黒塗りのセダンを発見した。

まるで隠すように四台の車が停《と》まっている。人がいるのは間違いない。倉庫の前を通りすぎると、目立たない場所に停車してエンジンを切った。

しかし、なかなか車から降りることができない。

意気込んで出発したのに、いざとなると怖《お》じ気《け》づいていた。正直なところ、恐ろしくて仕方がない。情けないほど膝が震えており、逃げ出したい衝動がこみあげてきた。

（でも、梨奈が……）

梨奈のことを思い、なんとか踏みとどまった。

情報が正しければ梨奈が監禁されている。嘘なら暴力団が待ち構えているはずだ。とにかく、自分の目で確認するしかなかった。

（よ、よし……）

気合を入れて車から降りる。

トランクを開けると、積んだままになっていたゴルフバッグからアイアンを一本取り出した。暴力団に素手で立ち向かうのは無謀だ。たとえ気休めでも、なにか武器は持っていたかった。

恐るおそる倉庫に歩み寄る。

街路灯があるので、外は思った以上に明るい。倉庫の正面はトラックのゲートが並んでおり、その隅に人が出入りするドアがあった。

ドアノブをつかみ、そっとまわしてみる。

ガチャ――。

意外なことに、ドアは簡単に開いた。

鍵はかかっていなかった。梨奈を監禁しているにしては不用心だ。やはり、情報は嘘かもしれない。とにかく、ドアを薄く開けて、なかをのぞいてみる。まっ暗で人の気配はなかった。

勇気を出して、倉庫のなかに足を踏み入れた。

時間とともに目が暗闇に慣れてくる。がらんとした空間がひろがっているだけで、なにも置いていない。やはり、現在は使われていない倉庫なのだろう。それなら、人を監禁するのに都合がいいかもしれない。

奥に明かりが見える。

倉庫の角の部分が壁で仕切られて、事務所になっていたらしい。壁にはドアと窓がある。窓は大きく、そこから光が漏れていた。

だが、明るいのはそこだけだ。注意しながら壁伝いに奥へと進んでいく。すると、微かに物音が聞こえた気がした。

さらに近づいて耳を澄ますと、話し声が聞こえた。男と女がいるのは間違いないが、会話の内容までは聞き取れない。

(梨奈……梨奈なのか)

気持ちがはやると同時に恐怖もこみあげた。

暴力団は恐ろしいが、梨奈の無事を確認したい。足音を忍ばせて事務所に歩み寄ると、それだけで全身が汗だくになった。

壁に身を寄せて、窓からそっと事務所をのぞいてみる。そのとたん、全身に衝撃が走り抜けた。

(なっ……)

危うく大声をあげそうになり、ギリギリのところで呑《の》みこんだ。

二十畳ほどのスペースの中央に、ベッドのマットレスが置いてある。そこに下着姿の女性がふたり座っていた。

ひとりは梨奈に間違いない。白いブラジャーとパンティだけという姿で、力なく横座りしている。どんなひどいことをされたのか、瞳はすっかり生気を失っていた。

そして、梨奈の隣には香澄の姿もあった。やはり黒いブラジャーとパンティだけで、なぜか両腕を背後にまわしていた。もしかしたら、拘束されているのかもしれない。だが、彼女の瞳は強い光を放っていた。

（ああっ、梨奈……）

今すぐ飛びこんで抱きしめたい。しかし、マットレスの周囲には厳《いか》めしい男たちが立っていた。

おそらく龍永会の組員だろう。十人の男と、それにアスカの姿もある。

アスカは真紅のタイトなドレスを着ており、ひとりの男に身体《からだ》をぴったり寄せていた。

「怪我はなかったか」

「ええ、鹿島さんが助けてくれたから」

男が声をかけると、アスカが媚びるように腰をくねらせる。

鹿島と呼ばれた男は、ひとりだけタバコを吸っている。おそらく、ここにいるなかで一番偉いのだろう。

「香澄のやつ、急に暴れ出すんですもの。まさか、薬があんなに早く切れるなんて思いませんでした」

「もう手錠をかけてあるから大丈夫だ。うちの組員をふたりも病院送りにした罰は重いぞ」

いったい、なにがあったのだろうか。周囲に立っている男たちの顔は、みんな殺気に満ちている。

「本来なら半殺しにしているところだが、香澄は大事な商品だ。傷をつけると、金にならないからな」

鹿島はそう言うと、男たちをさっと見まわした。

「おまえたち、かっかするな。あいつらの仕返しをしたいのはわかるが、傷つけるのは禁止だ。その代わり、今夜は好きなだけ犯していいぞ」

鹿島の言葉を受けて、男たちが下卑た笑みを浮かべる。

どうやら、香澄がなにかやったらしい。仲間が病院送りにされたため、男たちは頭に血が昇っているのだろう。

「よし、そろそろ撮影をはじめるぞ」

鹿島が声をかけると、ほかの男たちが動き出した。

(撮影って、まさか……)

いやな予感がこみあげる。

マットレスの周囲には、三脚に取りつけられたカメラや照明器具が置いてあった。いずれもプロが使うような本格的なものだ。なにが行われるのか、容易に想像がついた。

(くっ……)

ゴルフクラブを握る手に力が入る。

こいつらは彼女たちを犯して、それを撮影しようとしている。ＡＶとして売り出すつもりに違いなかった。

「梨奈さんは許してあげて」

それまで黙っていた香澄が口を開いた。

「あなたたちがむかついているのは、わたしでしょう。梨奈さんは関係ない。わたしだけ犯しなさいよ」

堂々としたものだ。下着姿に剝《む》かれたうえ、十人のいかつい男を前にしているのに一歩も引く様子がない。単なる強がりではなく、目の光はさらに強さを増していた。

「連帯責任ってやつだよ。よく覚えておくんだな。どちらかが粗相をしたら、これからはふたりで責任を取るんだ。おまえたちはセットで売り出してやる。AVの次はソープだ。楽しみに待ってろよ」

鹿島が目を剝いて笑う。情けの欠片《かけら》も感じられない。女を金儲《もう》けの道具としか思っていない最低の男だった。

「ふたりはきっと売れっ子になるわね」

アスカも調子のいいことを言って、鹿島の腕に抱きついた。

（こ、こいつら、よくも……）

これまでに感じたことのない憤りがこみあげる。

喧嘩は得意ではないが、黙って見すごすことはできない。三田村ほどではないが、羽田もパソコンオタクだ。腕力にはまったく自信がない。勝ち目があるとしたら奇襲攻撃しかなかった。

室内の様子をよく観察する。

中央にマットレスがあり、そこで香澄と梨奈が横座りしている。鹿島とアスカは壁ぎわに立っていて、その近くに口髭を生やした年配の男と、プロレスラーのような大男がいた。

あとの七人は若い男たちだ。ひとりがカメラをいじりはじめて、六人が服を脱いでパンツ一丁になり、マットレスにあがっていく。

「い、いやですっ」

そのとき、ぼんやりしていた梨奈が悲鳴にも似た声を響かせる。なにかを思い出したように、首を左右に振りたくった。

（り、梨奈っ……）

もう何度も犯されてきたのだろう。その恐怖がよみがえり、怯えきっているのではないか。

（ゆ、許さない……許さないぞっ）

怒りにまかせて、ドアを勢いよく開け放つ。ゴルフクラブを振りあげながら走りこんだ。

「うわあああっ！」

大声で叫ぶことで恐怖を抑えこむ。こちらに背を向けてカメラをのぞいている男に、ゴルフクラブを思いきりたたきつけた。

「うぐッ……」

無防備だった男は一発で昏倒《こんとう》する。それと同時にマットレスにあがっていた六人の男たちがこちらを向いた。

「なんだおまえっ」

まっ先に向かってきた男に向かって、再びゴルフクラブを振りおろす。ところが直撃はせず、肩のあたりにぶつかった。

「野郎っ！」

あっさり顔面を殴られて、羽田の体は後方に吹っ飛んだ。

「くっ……」

立ちあがろうとするが、今度は顎を蹴りあげられて仰向《あおむ》けにひっくり返る。手にしていたゴルフクラブは、どこかにいってしまった。

「り、梨奈……」

必死に名前を呼んだ。殴られた左目が痛み、涙が溢《あふ》れて物が二重に見える。口のなかには鉄の味がひろがっていた。

「しょ、翔平さん……」

梨奈の声が聞こえる。ずいぶん久しぶりに名前を呼んでもらえた気がした。

「お、俺が、助け──うぐぅッ」

羽田の声は途中で情けない呻《うめ》き声に変わってしまう。脇腹を激しく蹴りあげられたのだ。

「ネズミが入りこんでるじゃねえか。倉庫の鍵はどうしたんだ」

鹿島の怒声が響いた。

その直後、今度は男の呻き声と、なにかが床に倒れる鈍い音が聞こえた。しかも、ドスンッ、ドスンッと二回つづいた。

（な、なんだ……）

顔をしかめながらも目を開ける。すると、涙で滲《にじ》んだ視界のなか、黒い下着姿でファイティングポーズを取る香澄の姿が見えた。

マットレスの横に、男がふたり倒れている。気絶しているのか、ピクリとも動かない。どうやったのかは謎だが、香澄が倒したのは間違いないだろう。しかし、彼女は手錠をかけられていたのではなかったか。

「おい……」

鹿島が目を見開いた。

「こんなもの、安全ピン一本ではずせるのよ。知らなかったみたいね」

香澄は右手の指に手錠をかけて、しっかりにぎりこんでいる。まるでメリケンサックだ。

格闘技経験者とただの喧嘩自慢のパンチでは、雲泥の差があると聞いたことがある。単純に腕力だけなら、ここにいる連中のほうが香澄よりあるだろう。しかし、技術があれば倒すことができるのだ。

しかも、香澄は手錠のメリケンサックをつけている。あの拳で殴れば、粋がっているだけの男などひとたまりもないだろう。

若い連中がマットレスを取り囲む。香澄はマットレスの中央に立っており、その足もとには梨奈がうずくまっていた。

「おまえたち、油断するなよ」

鹿島が声をかける。

香澄は黒いブラジャーとパンティだけのセクシーな姿だ。それなのに、四人のいかつい男たちは動けない。一瞬で仲間ふたりを倒されて、すっかり気圧《けお》されている。

男たちがジリジリ距離をつめていく。そして、マットレスに片足をかけた瞬間、香澄の身体が跳躍した。

「ハッ！」

飛び膝蹴りだ。右側の男の顎を打ち抜くと、空中で身体をひねりながら、右の拳を左側の男のこめかみにたたきつける。香澄が着地したときには勝負がついていた。

一拍遅れて、男たちは糸が切れた操り人形のように倒れこんだ。またしても一瞬で、ふたりの意識を刈り取った。

もう香澄はとまらない。流れるような動きで、背後のふたりに蹴りを浴びせていく。上段蹴りと後ろ回し蹴りを連続でくり出し、さらには手錠のメリケンサックで顎を砕いた。

（つ、強い……）

羽田は床に這《は》いつくばったまま唸《うな》った。

香澄の超人的な技に見惚《みと》れている。自分などが飛びこまなくても、彼女ひとりで充分だった。もしかしたら、邪魔だったかもしれない。本気でそう思うほどの強さだった。

「チッ……」

口髭の男が舌打ちをして一歩踏み出した。

五十前後と思われるが、拳を握って構える姿は様になっている。もしかしたら、格闘技経験者かもしれない。

「ボクシングね」

香澄はマットレスからおりると、少し距離を置いて対峙《たいじ》する。先ほどよりも表情が険しくなっていた。

「年寄りだと思って舐《な》めるなよ。プロのリングに立ったこともあるんだ」

口髭の男が軽くシャドーボクシングをする。素人目《しろうとめ》に見てもパンチのスピードが速い。空気を切る音まで聞こえてきた。

これまでの相手とは違う。さすがに危険かもしれないと思った次の瞬間、香澄が遠い間合いから一気に踏みこんだ。

腰を充分落として、右の蹴りを飛ばしていく。男の左ふくらはぎを強く蹴ると、たった一発でガクッと膝が折れる。

「うぐッ……」

「パンチは得意でも、カーフキックの防御は知らないみたいね」

香澄は冷徹な瞳で見おろし、片膝をついた相手の顔面を蹴りあげる。男はなにもできないまま、あっさり白目を剝いて崩れ落ちた。

気づけば八人の男が転がっている。

ひとりは羽田が不意打ちで倒したが、あとの七人は香澄によって意識を刈られていた。自分がなぜ気絶したのか、わかっていない可能性もある。恐ろしいほどの強さだった。

あとは鹿島とプロレスラーのような大男、それにアスカだけだ。

「こ、近藤……行け」

鹿島に命じられて、大男が進み出る。

腰を少し落とした構えは、レスリングに似ていた。巨体の割りに動きはすばやい。前後左右に軽くステップを踏み、フェイントをかけている。

香澄も警戒しているようだ。フットワークを使って相手の出方をうかがう。今度は容易に踏みこめないらしい。近藤の出鼻を挫《くじ》くように、軽くジャブを放って牽制《けんせい》する。

高速のパンチが何発も的確に命中して、早くも近藤は鼻血を流す。だが、まったく動じる様子もなく、低い姿勢からタックルを仕掛けてきた。そこに香澄の狙いすました右ストレートが命中する。

グシャッ——。

鼻骨が砕けて鼻血が噴き出す。しかし、近藤は顔色ひとつ変えず、再び距離を取った。

「近藤はレスリングのチャンピオンだ。おまえに勝ち目はない。これまでのクズどもとは、わけが違うぞ」

鹿島が喚《わめ》き立てるのが耳障りだ。自分は見ているだけのくせに、やられた部下をクズ呼ばわりする最低の男だった。

ふたりの戦いは、高度なフェイントの掛け合いになっていた。

近藤がタックルに行こうとすると、香澄の鋭いジャブが顔面を捉える。しかし、決定的なダメージは奪えない。黒のランジェリーを纏《まと》った女体に汗がうっすら浮かび、白い肌がヌラリと光った。

突然、近藤が低い姿勢から仕掛ける。超高速の低空タックルだ。そこに香澄の右ストレートが襲いかかる。だが、近藤はさらに腰を落としてパンチを頭上にかわした。

「くッ……」

　香澄は俊敏にステップバックする。だが、近藤の踏みこみが一瞬早く、伸ばした手が左膝の裏にかかった。

　絶体絶命だと思ったそのとき、香澄の肘が延髄に落とされる。全体重を乗せた渾身《こんしん》の一撃で、近藤のスピードが明らかに鈍った。その隙を逃さず、香澄は男の下に潜りこみ、両脚を首に巻きつける。

「楽しませてもらったわ。どうせなら、両足タックルを狙うべきだったわね」

　香澄は口もとに笑みを浮かべると、足首をしっかりフックさせて近藤の首を締めあげた。

「やばいぞ、三角締めだっ」

　鹿島が叫んだときには、すでに近藤の顔は茹《ゆ》でダコのように紅潮していた。

「うぐぐッ……」

　必死にもがいても、香澄の脚は首にしっかりはまっている。こうなると、振りほどくのは不可能だ。黒いブラジャーとパンティだけの美女に締めあげられて、ついに近藤は泡を吹いて失神した。

「この化け物がっ」

　鹿島がジャケットの内ポケットに手を入れる。再び引き出されたときには、拳銃を握っていた。

その瞬間、羽田の視界は色を失い、すべてがスローモーションになった。頭で考えるより先に体が動く。痛みも忘れて起きあがり、マットレスの上でうずくまっている梨奈に覆いかぶさった。

「このクソ野郎っ」

女の怒声が聞こえた。香澄ではない。アスカだ。隠し持っていたナイフを振りあげて、鹿島の腕を切り裂いた。

鮮血が噴き出し、発射された弾がそれる。拳銃が落下すると、香澄が怒りを滲ませた瞳で歩み寄り、鹿島の股間を思いきり蹴りあげた。

「うぐううッ」

鹿島が顔を歪《ゆが》めて低く呻く。すると、アスカも追い打ちをかけるように、膝蹴りを股間に打ちこんだ。

もう声も出ないらしい。鹿島は股間をガードするようにまるまり、前のめりに崩れ落ちる。失禁したのか床に染みがひろがり、ビクビク痙攣《けいれん》してから動かなくなった。

「自慢の道具が、使いものにならなくなったかもね」

アスカが楽しげにつぶやいた。

「礼は言わないわよ」

香澄はアスカをチラリと見やり、冷たく言い放つ。だが、機嫌は悪くないようだ。唇の端には微かな笑みが浮かんでいた。

「これ、どうするつもり」

アスカが転がっている男たちを見まわして尋ねる。

「あなたにまかせるわ」

香澄は部屋の隅に投げ捨ててあったワンピースを身に着けると、梨奈のスーツを拾いあげて羽田に手渡した。

「着せてあげなさい」

「ど、どうも……」

驚きの連続で、まともにしゃべることもできない。とにかく、呆然《ぼうぜん》としている梨奈に服を着せてやる。すると、ようやく正気を取り戻したのか、梨奈はわっと泣き出した。

「大丈夫……もう大丈夫だよ」

抱きしめて背中を擦《さす》ってやる。そこに、アスカが歩み寄ってきた。

「これ、ほかのデータは消しておいたから」

ＵＳＢメモリーを差し出してくる。

それには、梨奈と三田村の動画が入っているらしい。龍永会の事務所にあった動画ファイルは、すでに消去したので流出する心配はないという。

「わたしとあなたのも消したわよ。本当なら一千万はもらうところだけど、今回は香澄に免じてサービスしておくわ」

「あ、ありがとうございます……もしかして、倉庫の鍵を開けておいてくれたのも、アスカさんですか」

羽田の質問には答えることなく、アスカは香澄に向き直った。

「ねえ、こいつら切り刻んでもいいのね」

「相変わらず悪趣味ね」

香澄はまるで相手にしていない。だが、ふたりの仲は案外悪くないのかもしれないと思った。

3

翌日、午後八時――。

面会時間が終了すると、羽田は病室をあとにした。

梨奈は点滴で眠っており、結局、ひと言も話すことはできなかった。だが、先生の話によると、それほど悪い状態ではないらしい。

「身体は問題ないでしょう。しばらく入院は必要ですが、時間とともによくなります。ただ、心のほうはしっかりとしたケアが必要です。一番大切なのは、寄り添ってくれる人がいることです」

そう言われて、必ず自分が支えていこうと心に誓った。

昨夜は梨奈が自分のスマホから警察に連絡した。そして、香澄とアスカ、それに羽田は倉庫から立ち去った。

アスカは本気で切り刻みたかったようだが、香澄に窘《たしな》められて断念した。殺してしまうと、警察も本腰を入れてくる。引き際を見きわめるのが、裏稼業を長くつづける秘訣らしい。

警察に保護された梨奈は、ヤクザに連れ去られて監禁されていたが、目が覚めるとなぜか男たちが倒れていたと証言した。彼女の身体には凌辱《りょうじょく》を受けた痕が残っている。被害者であることは一目瞭然なので、警察も無理な追及はしないだろう。

今日、三田村が警察に自首をした。羽田の浮気と横領問題は、すべて自分が単独で仕組んだと証言して、一応の終焉《しゅうえん》に向かっている。羽田を誘惑したアスカのことは、街で声をかけて協力してもらっただけで、連絡先は知らないと言い張ることになっていた。

三田村は会社を去ることになり、今後は羽田がひとりで代表取締役を務めることになった。しかし、浮気をしたのは事実なので、社員たちの信用を取り戻すには時間がかかるだろう。

しかし、今回の件で誰よりも傷ついているのは梨奈だ。許してもらえるかわからないが、心から謝罪したいと思っている。とにかく、今は彼女の回復を心から祈っていた。

病院を出て駅に向かおうとする。

そのとき、道路を挟んだ向かいに、大型の黒いオートバイが停まっていることに気がついた。サイドスタンドを立ててあり、黒革のライダースーツに身を包んだ女性が、シートに横座りしていた。

（あれは……）

ひと目見て香澄だとわかった。

羽田は走り出したくなるのをこらえて道路を横断する。だが、近づいていくにつれて、つい笑みが漏れてしまう。

「来てくれたんですね。梨奈に会わなくてよかったんですか」

「ここでいいわ。わたしの顔を見たら、いやなことを思い出すでしょう」

香澄は表情を変えることなくつぶやいた。

いつもと変わらぬクールさだが、今夜はどこか穏やかな感じがする。梨奈を救うことができて、安堵《あんど》しているのかもしれない。

「どうして、自分の身を危険にさらしてまで、梨奈を助けようとしてくれたんですか」

ふと不思議に思った。

女を金儲けの道具としか思っていない龍永会を許せないのは理解できる。しかし、自ら囚われの身になるというのは、あまりにもリスクが高かった。

「わたしも……同じ目に遭ったことがあるから」

香澄は遠い目になっていた。

今日は曇っていて星は見えない。だが、輝く星を求めるように、暗い夜空を見つめていた。

聞いてはいけないことを聞いてしまった気がする。羽田は慌てて別の話題を探した。

「そ、そうだ、ひとつ聞いてもいいですか」

「質問が多いわね」

口ではそう言いつつ、香澄はいやな顔をしなかった。

「GPSのメール、どうして俺には送ってくれなかったんですか」

「あら、送ってなかったかしら」

どこか惚《とぼ》けた言い方だ。彼女ほど優秀な復讐代行屋が、あの大事なメールを送り忘れるはずがない。

（やっぱり……）

昨日からずっと考えていた。

もしかしたら、香澄は三田村が羽田に連絡することまで想定していたのではないか。そして、一度は開いたふたりの距離を、再び縮めようとしてくれたのかもしれない。

（いや、いくらなんでも、そんなことまで……）

自分の考えに思わず苦笑が漏れる。

だが、香澄はクールな仮面の下に熱い情熱を秘めている。彼女ならそこまでやってても、おかしくない気がした。

「成功報酬の一千万、少し待ってもらえませんか。必ず払いますから」

前金の一千万を払ったばかりで、すぐには用意できない。マンションを売り払うにしても、少し時間が必要だった。

「それより、あなたの復讐、あれでよかったのかしら」

香澄が切れ長の瞳でまっすぐ見つめてくる。

三田村は罪に問われることになるだろう。会社にもいられなくなり、すべてを失ったのだ。

「はい……」

正直、後味はよくない。

日頃から話し合っていれば、こんなことにならなかったのではないか。昔は年中、馬鹿話で盛りあがっていた。あのころのような関係がつづいていれば、悲劇は未然に防ぐことができたはずだ。でも、後悔しても仕方がない。すべては終わったことだった。

「どうして、アスカさんは協力してくれたんですか」

アスカのことは最大の疑問と言ってもいいだろう。

羽田のことを切りつけて、香澄にも刃を向ける狂暴性を持っている。絶対にわかり合えるような相手ではなかったが、なぜか最後は香澄と力を合わせて戦っていた。

「同業者だから、アスカのことはずいぶん前から知ってるわ。今はあんな感じだけど、彼女もいろいろあったのよ」

香澄が独りごとのように語りはじめる。

かつてアスカの父親は町工場を経営していた。しかし、借金の取り立てが厳しく、自殺してしまったという。そのとき金を借りたサラ金が、龍永会と同じ系列の暴力団だった。

「お母さんも病気で亡くなったらしいわ。アスカは生きていくため、裏の世界に足を踏み入れたの」

皮肉なことに、アスカは家族を奪った裏の世界の住民になった。彼女はなによ
り自分自身に苛立っているのかもしれない。
「よくある話よ。別に同情はしないわ」
そうつぶやく香澄の瞳は、いつになくやさしかった。
「成功報酬はいらない。今回は前金だけでいいわ。わたしの溜飲《りゅういん》もさげることが
できたから」
「い、いいんですか」
思わず前のめりになって聞き返す。
なにしろ、一千万円を払わなくていいと言ったのだ。まさか裏稼業でサービス
してもらえるとは思いもしない。なにか裏があるのではと一瞬勘ぐるが、彼女に
限って、そんなせこい真似《まね》はしないだろう。
「その代わり、少しつき合ってもらうわ」
いきなり、香澄がヘルメットを差し出してくる。羽田はわけがわからないまま
反射的に受け取った。
「遠出するわよ。後ろに乗って」
香澄は自分のヘルメットをかぶり、颯爽《さっそう》とオートバイにまたがる。エンジンを

かけると、1000ccの鼓動が腹に響いた。

「は、はいっ」

羽田もヘルメットをかぶると、タンデムシートにまたがった。

オートバイに乗るのは、これがはじめてだ。とまどっていると、彼女に手を引かれて腰にまわすように誘導された。

「しっかりつかまってないと振り落とすわよ」

香澄がアクセルを開けるとオートバイが急加速する。羽田は慌てて彼女の細い腰にしがみついた。

4

小一時間ほど走っただろうか。

気づくと潮の香りが漂っていた。いつしか都心を離れて、海沿いの道を走っている。エンジンの振動がこれほど心地《ここち》よいとは知らなかった。半分眠っているような状態で、彼女の腰にしがみついていた。

どこを走っているのか見当もつかない。ただ、こうして彼女とオートバイで飛ばしていると、いやなことをすべて忘れられる気がした。

やがて、オートバイはどこかの駐車場に滑りこんだ。

海の近くにあるホテルだった。香澄はヘルメットを取ると、羽田に目配《めくば》せをして歩き出す。慌ててついていくと、彼女は澄ました顔をしてダブルの部屋にチェックインした。

そして今、羽田はわけがわからないまま、ダブルベッドの前に立っている。

サイドテーブルのスタンドが飴《あめ》色の光を放っており、部屋のなかをムーディに照らしていた。

カーテンは開け放ってあるが、窓の外はまっ暗だ。周囲にこのホテルより高い建物はひとつもない。窓の向こうには夜の海がひろがっているが、今はまったく見えなかった。

それでも、香澄は窓の前に立ち、外の景色を眺めている。

部屋に入ってから、まだひと言もしゃべっていない。なんとなく話しかけるタイミングを逃したことで、羽田は黙って彼女の背中を見つめていた。

「身体が火照るのよ」

香澄がぽつりとつぶやいた。

どれくらい時間が経《た》ったのだろう。彼女はゆっくりこちらを振り返る。黒革のライダースーツは、前面のファスナーが胸のなかほどまで引きさげられて、純白のブラジャーがチラリと見えていた。

「昨日、あんなことがあったでしょう。いつもそうなんだけど、暴れたあとは昂《たかぶ》るの」

香澄はまっすぐ見つめたまま、ゆったりした足取りで近づいてくる。

「で、でも……」

ふと脳裏に梨奈の顔が浮かんだ。

浮気したことがばれたときの、彼女の悲しげな瞳が忘れられない。もう二度とあやまちは犯さないと心に決めていた。

「それに、大嫌いなヤクザに穢《けが》されたから、早く身体を清めたいの」

目の前まで迫ってきた。

右手を伸ばすと、指先で羽田の頬をそっと撫《な》であげる。たったそれだけで、ゾクゾクするような感覚がひろがった。

「あなたしか、手伝ってくれる人がいないのよ」

淡々とした口調だが、瞳には切実なものがこもっている気がした。

――わたしも……同じ目に遭ったことがあるから。

先ほどの言葉を思い出す。

香澄は暴力団を死ぬほど憎んでいるはずだ。それなのに、梨奈を助けるために自分を犠牲にしてくれた。その恩には報いなければならない。

(それに……)

なにより香澄は魅力的だ。ライダースーツの胸もとからのぞいているブラジャーが、気になって仕方なかった。

「今日は、黒じゃないんですね」

「白の方が、あなた好みだと思って……」

香澄は細い指先で、さらにファスナーをおろしていく。

前がはらりと開き、白くて引きしまった腹と臍《へそ》が見えてくる。さらには純白のパンティに包まれた股間が露《あらわ》になった。

「か、香澄さん……」

思わず抱き寄せると、すぐさま唇を重ねていく。

彼女の唇は蕩《とろ》けそうなほど柔らかい。その感触に感動して、すぐさま舌を伸ばして押しこんだ。

「はあンっ……」

香澄は微かな声を漏らしながら舌をからめてくる。粘膜をヌルヌルと擦り合わせて、身体をぴったり寄せてきた。

（お、俺、これから香澄さんと……）

想像しただけでペニスが硬くなり、スラックスの前がふくらんでしまう。その結果、彼女の下腹部を圧迫した。

「もう、こんなに……」

香澄は唇を離すと、焦《じ》れたように腰をよじった。

待ちきれないとばかりにブーツとライダスーツを脱いでいく。ブラジャーも取り去り、たっぷりした乳房がまろび出る。張りのある大きな双乳の頂点では、薄ピンクの乳首が揺れていた。

「女の裸なんて、めずらしくないでしょう」

恥ずかしげに睫毛《まつげ》を伏せる表情も魅力的だ。香澄は頬を微かに染めると、細い指で最後の一枚をおろしていく。

純白のパンティの下から、逆三角形に手入れされた漆黒の秘毛が露になる。肉厚の恥丘にそよいでいるのは、猫毛のようになめらかな陰毛だ。片足ずつ持ちあげて、左右のつま先からパンティを抜き取った。

（す、すごい……）

羽田は瞬《まばた》きするのも忘れて、香澄の裸体を見つめていた。

おおげさではなく奇跡を目にしたような気分になる。ヴィーナスを思わせる見事な裸身だった。

「あなたも脱いで……」

うながされて、慌てて服を脱ぎ捨てる。そそり勃《た》ったペニスが恥ずかしいが、それより興奮のほうが勝っていた。

香澄に手を取られて、ベッドの上へと導かれる。仰向けに寝かされると、彼女は逆向きになって覆いかぶさってきた。

シックスナインの体勢だ。目の前にパールピンクの女陰が迫っている。甘酸っぱい芳香まで漂ってきて、興奮が高まっていく。羽田は両手をまわしこんで尻たぶをつかむと、首を持ちあげて女陰にむしゃぶりついた。

「ああっ、激しいのね」

香澄は甘い声を漏らすと、ペニスの根元に指を巻きつけて、亀頭をぱっくり咥《くわ》えこんだ。

「か、香澄さんの口に……くううッ」

たまらず呻き声が漏れるが、クンニリングスは継続する。二枚の花弁を交互に舐めあげては、口に含んでクチュクチュとねぶりまわす。さらには、とがらせた舌先を膣口《ちつこう》にねじこんだ。

「はああっ……」

香澄も首を振り、ペニスに甘い刺激を送りこんでくる。

柔らかい唇で、硬い肉胴を擦られるのがたまらない。与えられる快感が大きければ大きいほど、羽田の愛撫《あいぶ》も加速する。舌を出し入れして、膣壁を執拗《しつよう》に舐めまわした。

「お、俺、もう……」

「わたしも……」

ふたりとも準備は整っている。一刻も早く、ひとつになりたい。挿《い》れる前にこれほど高まるとは驚きだ。

羽田は体を起こすと、香澄を仰向けに組み伏せる。そして、美脚の間に腰を割りこませた。いきり勃ったペニスの先端を割れ目に押し当てれば、まるで吸いこまれるように沈みこんだ。

「ああぁッ、大きい」

香澄が潤んだ瞳で見あげてくる。視線が重なることで、さらに快感がふくれあがっていく。

「す、すごく、気持ちいいです」

腰を振るとすぐに達してしまいそうだ。しかし、自然と腰が動き出して、結合部分から湿った音が響き渡った。

「あッ……あッ……」

香澄の唇が半開きになり、切れぎれの喘ぎ声が溢れ出す。感じてくれているとわかるから、羽田のピストンはますます速くなった。

「き、気持ちいいっ、くううッ」

少しでも長持ちさせたい。しかし、そんな気持ちとは裏腹に、体は快楽を求めている。腰の動きが激しさを増し、早くも絶頂の兆しが見えてきた。

「ああッ、いいわ、わたしも気持ちいいっ」

あの無敵の復讐代行屋が、自分のペニスで喘いでいる。そう思うと、なおさら興奮が大きくなった。

「か、香澄さんっ……おおッ、おおおッ」

「はああッ、い、いいっ」

香澄が両手を伸ばして首に巻きつけてくる。羽田は引き寄せられるようにして上半身を伏せると、体を密着させて腰を振りまくった。

「うううッ、も、もう、俺……」

「いいわ、来て……あああッ、来てっ」

羽田が呻けば、香澄も切羽つまった声をあげる。いつしかふたりは息を合わせて腰を振り、絶頂への急坂を駆けあがった。

「おおおッ、で、出るっ、出る出るっ、くおおおおおおッ！」

ついに根元まで埋めこんだペニスが脈動する。大量のザーメンが勢いよく噴き出し、頭のなかがまっ白になるほどの快感が突き抜けた。

「はあああッ、い、いいっ、イクッ、イクうううッ！」

直後に香澄のよがり泣きも響き渡る。ブリッジするように女体が仰《の》け反《ぞ》り、女壺が太幹を締めあげてきた。膣道がウネウネと蠕動《ぜんどう》して、下腹部が艶《なま》めかしく波打った。

凄《すさ》まじい悦楽が全身を駆けめぐる。かつて経験したことのない愉悦が、脳髄まで焼きつくす。快感曲線がさがることなく、絶頂感が長くつづき、最後の一滴まで精液を出しつくした。

ふたりはまるで恋人同士のように抱き合い、熱い口づけを交わしていく。舌をからめ合うほどに愛《いと》おしさが募っていく。

しかし、かりそめの恋だとわかっている。

そもそも住む世界が違っていた。どんなに燃えあがっても、二度と交わることはないだろう。


ふたりは裸のまま並んで横たわっていた。

語り合うことはなにもない。ただ、こうして絶頂の余韻が冷めていくのを待っていた。

香澄がベッドからおりて、バスルームに向かった。

やがてシャワーの音が微かに聞こえてくる。羽田は寝返りを打ち、静かに目を閉じた。

バスルームから戻ってきた香澄が、身なりを整える気配がする。深夜で静まり返っているせいか、ライダースーツのファスナーをあげる音が、やけに大きく感じられた。

準備が整ったらしい。そのとき、背中に視線を感じた。

羽田が起きていると気づいている。彼女は凄腕《すごうで》の復讐代行屋だ。こちらの考えていることなど、すべてお見通しだろう。

それでも、香澄はなにも言わずに部屋から出ていった。

（ありがとう……）

遠ざかっていくライダーブーツの足音を聞きながら、羽田は心のなかでつぶやいた。

本書は書き下ろしです。

実業之日本社文庫　は6 11

寝取《ねと》られた婚約者《こんやくしゃ》　復讐代行屋《ふくしゅうだいこうや》・矢島香澄《やじまかすみ》

2021年6月15日　初版第1刷発行

著　者　葉月奏太《はづきそうた》

発行者　岩野裕一
発行所　株式会社実業之日本社
〒107-0062　東京都港区南青山5-4-30
CoSTUME NATIONAL Aoyama Complex 2F
電話［編集］03(6809)0473［販売］03(6809)0495
ホームページ　https://www.j-n.co.jp/
DTP　ラッシュ
印刷所　大日本印刷株式会社
製本所　大日本印刷株式会社

フォーマットデザイン　鈴木正道（Suzuki Design）

ISBN978-4-408-55670-3（第二文芸）